林青霞

窗裏窗外

目錄

人生小語　9
序——瓊瑤　12
序——蔣勳教授　16
序——金聖華教授　18
序——董橋先生　24
序——馬家輝先生　30
序——邢嘉倩小姐　36
序——邢愛林小姐　38
序——邢言愛小姐　39
自序——林青霞　40

一 戲

走進「窗外」 49
《窗外》的風景 65
七十，八十，九十 75
戲裏戲外都是戲 85
重看《東邪西毒》 97
《東方不敗》甘苦談 103
我哭了大半個中國 115
《八百壯士》戲裏戲外 125
淚王子楊凡 135

二 親

家鄉的風 147
夢與真 153
牽手 159
只要老爺你笑一笑 165
家鄉 171
我的小寶貝 177
花樣年華二十二 183

三　友

滄海一聲笑　195
演回自己　203
三夢三毛　209
寵愛張國榮　217
創造美女的人　223
什麼樣的女子　235
蚌殼精和書生　243
她　249
瓊瑤與我　255
大導演手中的芒果　263
有生命的顏色　269
華麗而溫暖的城市　277

四　趣

你是不是林青霞？　285
我們仨，在杜拜　291
生命的彩霞　299
一秒鐘的交會　309
寶島一村　315
仙人　321
吃飽了「撐」的　325

五 緣

完美的手 333
穿著黑色貂皮大衣的男人 339
女人的典範 347
當選！當選！馬英九當選！ 353
這次我來寫你 359
一生有幾個十年 365
久鬱一躁而不狂 369

六 悟

小花 377
大師的開示 383
大師的風範 389

獻給　嘉倩　愛林　言愛

人生小語

小時候重複做著同樣的一個夢。
牆角有一張又平滑又白的紙，
心裏感覺很清涼、很舒服，
因為太喜歡這種感覺，
深怕它會變皺，
它卻開始有了皺摺，
那皺摺越來越多、越來越皺，
我那清涼平靜的心，
也越來越糾纏、越來越絞痛，
就在這個時候我醒了。

序

永遠的青霞

青霞要出版她生命裏的第一本書。書名是《窗裏窗外》。看到這個書名，我就知道，青霞受《窗外》的影響，實在很大。她的十七歲，以至後來的電影歲月，都在《窗外》的開始下而改變。我常常想，如果青霞沒有拍《窗外》，她現在會有怎樣的人生？一定過著另一種生活，或者平凡，或者不平凡，總之，那會是另外一個「青霞」。

我認識的青霞，美麗、飄逸、青春、純真、而且充滿了靈性。至今，我沒有遇到過第二個可以和青霞媲美的女子。所以，每次有人訪問我，問我用了那麼多女演員，最喜歡的是誰？我都會很誠實的回答：「林青霞！她是我心中永遠的青霞。」

青霞最好的年齡，都在我的電影裏度過，也在我家度過。常常拍完戲，到我家談到深夜，少女的小祕密，我知道。刻骨銘心的初戀，我知道。狂熱的追求者，甚至追到我家來。她的許多故事，都曾在我眼前發生。我和她，不止是工作上的夥伴。也在那段時間中，我成了她的大姐姐，幾乎無話不談。

歲月一年又一年的過去，青霞去了香港，繼續發光發熱。然後，戀愛結婚，退出影壇，生了兩個女兒，成為妻子與母親。這時期，我們偶而見面，偶而通電話，每次見面和通電話，依舊有說不完的過去與現在。

然後，青霞開始寫作，她也把發表的文章電傳給我。她的文字流暢，簡潔，許多小品，寫得親切感人，我這才驚覺到她在寫作上的才華。她的文章，沒有華麗的詞藻，沒有誇張的描寫，只是自然而然的，把她的所見所聞所感，或是她的人生小體驗，她某段時期的心路歷程……一篇一篇，寫成了這本散文集。

所以，這本書中，有窗裏的青霞，為了和女兒溝通學電腦。有窗外的青霞，在旅途中和偶爾相遇的孩子，作〈一秒鐘的交會〉。這個窗裏窗外的青霞，正在用成熟的心態，走進另一個境界。她不再飾演別人，她開始找尋自我，甚至是在「發掘」自我。在發掘的同時，她也發掘著人生的真諦。這樣的青霞，我實在喜歡。

《窗裏窗外》不是一本長篇巨著，不是豐富的豪華大餐。它像是喝下午茶，在靠窗的雅座上，一本書，一杯茶，一點可口的小點心，你可以坐在「窗裏」讀它，偶而抬頭看看「窗外」的風景。你也可以坐在街邊的小咖啡座上，叫一杯香醇的咖啡，悠閒的讀它。不時看看身邊的人群，如何生活在「窗外」，心繫著「窗裏」。無論是「窗裏」或「窗外」，這將是一本讓你可以瀏覽，也可深思的書。

當媒體正在報導青霞如何幸運，有豪富的老公，為她打造多少多少億的「皇宮」時，我正看著青霞的《窗裏窗外》。我沒有看到那個「皇后」，如何在皇宮裏享受著她的「三溫暖」。我看到的，依然是我那純真飄逸的青霞，坐在燈下的梳妝檯前，寫著她的所遇、所思、所感、所惑……體會著她人生中的「三溫暖」。

——瓊瑤

青霞平安

在從金邊到暹粒的飛機上，青霞坐我旁邊，她說：一生都在演藝，總覺得沒有好好修行。

我正在看巴黎吉美（Guimet）博物館收藏的一件唐代敦煌不羂菩薩畫像。畫像四角有「歌」「舞」「嬉」「鬘」四位供養菩薩。

我就說：「歌」「舞」「嬉」「鬘」也都是修行，修行可以不著於相吧！

青霞很美，美是負擔，可能也是修行的開始。

在吳哥窟時，青霞已經開始隨手做一些小品筆記，我陸續在報章雜誌看到。多年不見，青霞要以文字修行了。

青霞平安。

——蔣勳
於八里淡水河畔

美與真——林青霞散文中的淡筆與濃情

按說，圈子不同，年齡差一截，怎麼會跟她交上了朋友？旁人不解，連我自己都覺得有點奇妙。

第一次跟林青霞晤面，是在她家的前院，只見她一身素淨，一臉親切。沒多久，我們坐在院子裏，樹蔭下。

一切都自自然然，不必寒暄，沒有客套，我們聊起天來。幾個小時過去了，風在樹梢輕輕的吹，熱茶喝完一杯又一杯，精美的小食沒怎麼碰過，我們卻談起了文學、創作、父母、兄長、兒女、生命中的點點滴滴。那天辭別時，她送我到門口，一手輕輕挽着我，另一手替我拿着重重的書。

青霞說，四十歲以前，她因為拍戲忙，沒時間看書；四十歲以後，她愛上閱讀，閒來也會寫幾筆，鎖在抽屜裏。其實，過去的經歷如許豐富，怎可不好好記下？沒寫的，都會隨記憶逐漸淡去；目前的生活儘管溫馨，不凝聚在文字裏，也終將成為難追的往事。寫吧！我說。

從何寫起呢？寫自傳嗎？用編年體嗎？由大時代背景說起嗎？不久，法國印象派繪畫珍品在香港展出，我們相約去看畫。我最喜歡莫內（Claude Monet），在法國留學時，已經飽覽大師的傑構，也參觀過他那位於吉維尼（Giverny）的故居；在姹紫嫣紅的花園裏，拱橋上，低徊流連，消磨過不少時光。莫內喜歡在某一時期反覆描述同樣的主題，如白楊樹、稻草堆，而最膾炙人口的，當然是魯昂大教堂（Cathédrale de Rouen）。從一八九二到一八九四年間，他在教堂對面的小店二樓，租下一間房間，不時憑窗眺望，隨着陰晴晨昏光線的明暗，朝暾夕照色彩的變幻，繪出數十幅以教堂為題的不朽名作。「你看，每一幅畫都因為捕捉的角度不同、運用的色彩有別，而產生出獨特動人的丰姿，」望着莫內《魯昂大教堂：陽光的效果》、《棕色的和諧》兩幅畫，我對青霞說，「因此，同樣的主題，可以寫了又寫，說過再說，從不同角度切入，自會呈現出千變萬化的面貌。」

過些日子，青霞的文章一篇又一篇自筆端湧現，在〈牽手〉、〈家鄉的風〉、〈只要老爺你笑一笑〉裏，她寫摯愛的父親，同一主題，在多篇文章中反覆吟誦，孺慕之情，讓人讀來既感動又心疼。她也寫好友，徐克、施南生、楊凡、張叔平……眾人各有特色的形象一再重現在字裏行間。在聖嚴法師生前，青霞寫了記述法師重要的開示與箴言。其中最發人深省的是：「面對它、接受它、處理它、放下它。」青霞說：「在我生命裏最不可承受的痛時，因為用了它而順利過度。人世無常，不如意事十之八九，我經常把這些話送給朋友，他們也因為度過內心的難關而感激我。」

初識青霞時，她父親仍然健在，而我自己更椿萱並茂，誰知同在二〇〇六年，林老先生溘然長逝，我摯愛的母親撒手塵寰，到二〇〇八年，最親愛的父親也返回天國。多少個夜晚，我們在電話裏因痛失至親而互相傾訴，彼此扶持，青霞文章裏提到的大師箴言，的確曾助我撫平傷痛，重拾心情。聖嚴法師圓寂後，青霞再以〈大師的風範〉一文，來敘述與大師相交的一段情誼。我彷彿看到畫家的筆觸在描繪同一個對象，麗日下、晚風中，分別呈現出燦爛輝煌的光彩與凝重端莊的色調。（本書中青霞將有關大師的兩篇文章重新編排以〈大師的風範〉為名，合成一篇。）

青霞最擅長寫人物，黃霑、林燕妮、張國榮、徐克、張叔平、瓊瑤，乃至〈穿着黑色貂皮大衣的男人〉，經她三言兩語，都在筆下活龍活現。青霞更會說故事。有一回，跟她坐在君悅酒店的咖啡座，聽她說起與三毛相交以及三毛亡故後幾次托夢的事。言談間，生動的語調，加上傳神的表情，更顯得繪影繪聲。她說得興起，我聽得入神，結果，兩人都忘其所以，茶也沒叫，只喝了兩杯白開水，放下小帳，就匆匆趕下一場節目去了。三毛的故事，後來就記述在〈三夢三毛〉裏。

施南生說過：「青霞最大的本領，是很會交朋友。」的確，她愛朋友，朋友也愛她。青霞開始寫文章了，周圍的朋友似乎比她更投入、更興奮。她寫好文章後，每每會傳給所有的朋友看，於是，四面八方的回應，如波濤、如浪潮，一層層湧現而來。「這裏該加一句，那裏得刪一點，形容詞多兩個，成語再添一二……」種種意見，善意的、衷誠的，給予她極大的鼓勵。當然，朋友之間意見相左時，也往往使她困惑，不知如何取捨。「跟從你自己內心的感覺吧！」我提議道。每次見到青霞，最欣賞她素淨優雅、大方得體的裝扮，私底下，從沒見過她穿金戴銀，花團錦簇的模樣，這種清新的風格，獨特的韻味，正是她與眾不同的地方。文如其人，青霞散文中淡淡的筆觸，就如她清麗脫俗的素顏，又何需刻意去畫眉點脣、濃妝豔抹呢？

其實，從開始寫作，到結集出書，幾年來青霞一直在不斷尋找、不斷求進、不斷突破。有時，她來電說：「這兩天，我在看沈從文。」又有時，我打電話過去，她說：「昨天，我在背《蘭亭序》。」我們很喜歡互相贈書。剛開始時，青霞喜歡看富有哲理的作品，我送了她楊絳翻譯的《斐多》，她看後深受啟發，還買了幾十本分贈友好。季羨林的散文也是她十分欣賞的。看了季老寫的《老貓》，青霞高興的說：「這麼出名的大學者也寫得這樣平易近人，那我可以放下心來，好好去揣摩寫作之道了。」這以後，青霞一方面開始悉心閱讀，看高克毅、黃宗英、林文月、白先勇、傅雷、董橋等眾多名家的作品，從中汲取養分；一方面也建立信心，掌握到自己樸素明淨的風格，摸索出一條得來不易的創作之路。

林青霞的心園是一片淨土，沒有雕欄玉砌，沒有繁花雜草，有的只是碎石小徑，柳條木凳，一棵棵影影綽綽的大樹，都佇立園外、圍侍在側，清晨時送上鳥鳴，晌午時替她遮蔭，夜來風雨聲中，淅淅瀝瀝，扶疏的枝葉為她帶來詩情與禪意。正由於心如明鏡，下筆時才能一字字、一句句，出於內心，發自肺腑。

說起來，這位旁人眼中的天皇巨星，居然從來不知自己長得美，不覺自己寫得好。不知多少回，曾經見她謙遜自省，虛心求教，例如請教倪匡、請教董橋、請教月刊的編輯、報紙的主筆，以及所有教文學的、搖筆桿的朋友。眾人的意見，她都廣納博採，然後，一篇又一篇，一遍又一遍，熔鑄在自己的文字裏。青霞喜歡寫，更不怕改，為了一個字、一個詞、一個標點，她會不厭其煩，修改上十次八次。每改一次，她都會把文稿傳上，然後再跟我細細討論。她這種自淬自礪的本領，不知是否當年在片場裏，為拍好一個鏡頭、做好一個表情，而一練再練給磨出來的？

葉嘉瑩教授在《陶淵明飲酒詩講錄》中，曾經說過：「在中國所有的詩人裏邊，如果說是作詩的態度最真誠的，不雕琢，不修飾，不誇大，不欺人自欺的，那陶淵明是最了不起的一個作者。」葉教授更提到金代詩人元好問論陶詩的話：「一語天然萬古新，豪華落盡見真淳。」這兩句話，也恰好可以用來形容青霞的文字。她的文章不浮誇，不用典，不雕章琢句，然而卻情深意摯，處處見真淳。

有一位朋友，本身是一名才女，卻非常仰慕青霞，說她美豔不可方物，令人不敢逼視。其實，青霞的美，不在於豔若桃李、燦似驕陽。她的美，是由內心煥發出來的，唯其真，唯其誠，方能有諸內而形諸外。英國浪漫派詩人濟慈（Keats）曾謂：「美即是真，真即是美。」（Beauty is truth, truth beauty.）觀乎青霞其人其文，的確是這句名言最佳的體現與詮釋。

幾年前，青霞跟我經過九龍塘的書店，我曾經對她說過：「有一天，你的書也會陳列在書架上。」如今，預言成為事實，青霞在輝煌的電影事業之外，第一本文學創作即將面世。這是幾年來，她以不眠的夜、不懈的毅力，一字字、一句句醞釀而成的。喜歡青霞的朋友，此後不必在大街小巷日夜守候去捕捉她的身影，只為一個眼神、一個笑靨、一個簽名……。要親近青霞，最好的方法，莫如閱讀她的文字，傾聽她的心聲，細細體味她書中淡淡的筆觸、濃濃的情。

在此謹賀青霞筆耕有成，俯看一片青蔥，仰望滿天麗霞，俯仰之間，悠然進入文學的天地。

——金聖華

隨筆——題林青霞新書

畢竟不是同一輩的人。讀林青霞文章有些段落覺得她可以再寫深些，有些情節她着墨稍濃，我想着替她冲淡些，再一斟酌，還是輕輕放她過去：過些年她的視野會變，筆鋒會變。我開玩笑說過她沒大沒小，其實她這個人講分寸，講禮數，講操守，寫文章絕不草率，幸虧我從來不在她原稿上多動紅筆。沒大沒小說的不光是做人的規矩也是作文的忌憚，隨隨便便增刪她的文字，沒大沒小的不是她倒是我了。

認識林青霞之前我先讀過她的幾篇小品，覺得亮堂極了，覺得她應該騰點時間和心緒在這段路上多走幾步。我跟馬家輝說了。我也曾經想過約她寫稿，轉眼又嫌折騰，嫌麻煩，嫌唐突，拖淡了。人老了許多事情徒有那份誠心沒有那份耐心。偶然拜讀很少幾篇新秀的好作品心中欣喜是一回事，着意鼓勵似乎多事了。多事不好。像我這樣的老頭子還學不會不多事那叫不長進。說得再白些，飯局茶座酒會我都嫌煩，好朋友隨興隨意不約而聚反而開心。奇怪，那回林青霞找金聖華約我一敘我倒一口答應了：我想我真的很想欣賞一下她絕代的風華。

林文月那篇〈午後書房〉寫她「睡了一個失眠的午覺」坐在書房裏隨想隨寫。林先生說她「獨坐良久，倒也未必是一直專心讀書寫作」，偶爾重讀遠方來信，偶爾什麼念頭都沒有，偶爾安享這個寧謐的斗室，自在而閑適：「天色已昏暗，我本想讓吊燈也亮起，可是並沒有走到門口去開那個開關，反而順手把檯燈關熄；於是，薄暮忽然就爬進我的書房裏」。林青霞告訴我說她要出文集的時候我想起林文月用了這篇〈午後書房〉做她一集散文的書名，林青霞是夜貓子，讀書寫作好像都在午夜，她的文集似乎可以改林先生一個字題為《午夜書房》，穩健，寫實：

有一次從外面吃了晚飯回到家，經過梳妝檯，突然想到什麼，怕一會兒忘記，馬上伏在桌上寫，不知不覺坐了幾個小時，窗外傳來鳥的叫聲才知道天已亮了，看看鏡中的自己，不覺失笑，原來我臉上的妝還沒卸，耳朵上的鑽石耳環正搖晃着，低頭一看，一條藍色絲質褶子裙，腳上竟然還穿着高筒靴，時鐘指着六點半，正是女兒起身吃早點的時候，趕忙下樓陪女兒。

這段敘述直接，乾淨，清楚，素筆描寫回家伏案到天亮的過程，一連用了十五個逗號不滯不塞。我初讀覺得三處逗號應該改成句號；再讀，有點猶疑了，不改了，生怕改了壞了那朵浮雲那彎流水。林文月說文章像行雲流水自然無滯，那是作者把文章寫成如行雲如流水一般自然的效果，跟雕琢過的文章一樣，是作者費過心的經營和安排。林青霞每回要我改文章我總會想起林先生這番體悟，盡量不去改動她的經營和安排，頂多替她挪動幾個標點符號，林青霞於是說「董橋很注重標點符號」。

我原想改為句號的三個地方是「馬上伏在桌上寫」；「窗外傳來鳥的叫聲才知道天已亮了」；「腳上竟然還穿着高筒靴」。拿着紅筆幾番躊躇之際，我回頭看到這篇〈新書自序〉第四段第一句話說「馬家輝是我的伯樂」，句號：她下標點顯然都盤算過了。我踏踏實實收起了紅筆放任這段清溪潺潺流蕩。

一天，我在陸羽茶室遇見林青霞的一位影迷，五、六十歲的紳士，西裝領帶袖扣考究得不得了，說是從來沒有錯過林小姐的電影，林小姐刊登在報刊上的文章他也從來一一拜讀：「拍過百部片子的人了，身上怎麼說也養着不少文學細胞，」他說。「確實是個會寫文章的人，只是一生如意，未經磨難，篇章裏少了三分滄桑！」是初識，我笑了笑沒有跟他深談。文學真苦，真冤，這位先生說的這番傳統觀點我聽慣了。文章其實只分好壞，不分哀樂，真要林青霞受苦受難才寫得出驚世鉅作我情願她不寫。上星期讀洪深女兒洪鈐寫女作家趙清閣我心裏難受得要命。她說一九五〇年二月上海召開第一屆文代會，趙清閣受命在會上公開自我批判，她不肯談政治只肯談創作談文藝思想，她滿腔委屈在會上一邊講一邊流淚，台下聽眾還以為她檢查深刻，懺悔飲泣。會後，趙清閣默默走出會場，張愛玲從大門外迎上來跟她握手，什麼都沒說，「一切盡在不言中」。不久，張愛玲遷來香港前約趙清閣到咖啡館話別：「張愛玲可以離開，可趙清閣阿姨無處可去」，她留在上海承受生活、工作、經濟、感情的壓力，閉門謝客，閉門酗酒，閉門抱恙，直到替上海電影公司寫劇本《女兒春》她才「出山」，一九九九年八十五歲去世。洪鈴這篇文章叫〈梧桐細雨清風去〉，寫盡趙清閣一生不願意寫的大悲大痛和大難。我書房裏她畫的那幅小小設色花鳥還在，筆意跟她的容顏一樣清秀，一樣脫俗。

美了幾十年，紅了幾十年，林青霞一定有點累了。讀她的作品我起初只顧認文不認人，忘了有些事、有些人、有些從前、有些現在、有些未來別人可以放手放心寫，她不可以。認識久了些，交往深了些，我漸漸熟悉她的避諱和她的考量，讀她的文章我於是多了一層體念和體惜，盡量遷就她細緻的顧忌，盡量在她的框架裏給她說說一點措辭上的意見。當然，文章裏有些環節我覺得她應該放鬆寫的我也輕輕提醒她：謹慎慣了她難免忘記寫作的尺度可以比做人的尺度寬綽些。我在台灣上過學，林青霞在台灣成長。我的台灣是五、六十年代的台灣，荒村雞鳴，斷橋蓑笠；她的台灣是七、八十年代的台灣，舊民國的教養還像柳梢的月色那樣朦朧，帶着淡淡的矜持楚楚的愛心還有庭院深深的牽掛，茶室裏那位先生說的文學細胞也許是這些養份的功德：「隱隱作痛的感覺挺好的！」前兩天她在電話裏說起腳背撞傷忽然迸出這樣一句話。果然是隱隱然的一份眷注，林青霞的寫作歷程不缺傷逝的隱痛，不缺哀樂的反省，那已然夠她下半輩子消磨了，誰還忍心稀罕梧桐細雨裏一波接一波的大悲大痛和大難？縱然不是同一輩的人，她字裏行間的執着和操持我不再陌生，偶爾靈光乍現的感悟甚至給過我綿綿的慰藉：我們畢竟都是惜福的人。

——董橋

戀繁花——序一本遲到了十八年的美麗散文

《窗裏窗外》其實是一本遲到了十八年的書。

這是我最近才從台灣出版界聽來的故事版本：大概十八年前，曾有出版社聯絡了林青霞，跟她坐下來，認真地、好好地討論給她出書的可能性。當時負責這項企劃個案的好編輯亦是好作家，他認定林青霞在華人影壇是「美麗的代名詞」，所以打算從一個較高的審美視域而不僅僅是「從影回憶錄」之類的八卦獵奇角度去理解、詮釋她的生命經驗，書內文章由林青霞親撰最好，由專人代理亦行，底線是該書的關注焦點乃生命路途上的幽微細緻而不僅僅是水銀燈下的炫目花邊。

然而其後基於這樣或那樣的理由，企劃中止，個案暫停；林青霞的出書理念一擱就是十八年。

幸好十八年後的今天終於有了《窗裏窗外》。

這雖然是一本遲來的書，卻必是一本超越當初構思理想的書，理由是林青霞在過去十八年積累了更曲折深厚的生命經驗，先為人妻、再為人母、影壇暫別、父母離世……。十八年間她飽嚐了人生路上而不僅僅是舞台佈景的風雲色變，她擁有了源於血肉的劇本出於肺腑的台詞責無旁貸的戲份，她是監製亦是導演更是演員，箇中深刻蝕骨自非昔時歲月所能比擬。

而尤其關鍵的是，林青霞選擇了提筆細述如此種種蒼涼和愉悅，又選擇了用散文形式而非許多人期待的自傳去憶記昔日的高亢與灰沉，於是，讀者有幸如在實景現場般透過文章跟她同喜同悲，在由方塊字築起的舞台上，遂出現了一個靈氣流轉的林青霞。

親自提筆是重要的。因為精準。你的喜怒你最懂，決定用哪個字詞跟世人見面，不會有人比你更有資格發言。文類形式亦是。當你告訴讀者「這是一本自傳」，所有人都會對內容的完整及記憶的完備產生了既定的預設，作者亦有責任承擔這種預設，所以必然失去自由。散文則屬於另一類回憶座標，毋需系統，不限時序，讀者和作者皆可隨心所欲地在文字場景裏游移漫步，寫其所寫，閱其所閱，互不相欠。

打個比喻好了：寫自傳如蓋房子，大門走廊客廳飯廳露台廚房廁所寢室統統有個理之所當的相對位置，結構嚴密，含糊不得，稍為失序即覺有異，但以散文承載回憶則像培植一座私人花園，栽花種草盡是女主人的性情抉擇，花草的品種與佈置皆由女主人說了算，不存在什麼合不合理的爭辯空間。繁花盛放，奼紫嫣紅，偶爾亦有異樹奇枒，而既然女主人願意把花園開放，苦苦守候了十八年我們，當然急不及待遊園觀賞。

《窗裏窗外》收錄了四十多篇長短不一的散文，主題大致分為三類：懷人憶舊，影壇細說，當下感慨。三類文章各有指向，一方面從互異的角度鋪陳出作者在不同時段裏的生命場景，另方面又互有指涉地共同顯影了作者的靈動善敏，仔細閱讀必可發現，無論把筆觸指向何時何事何處，林青霞其實都在或明或暗地追問事情為何變得這樣以及假如不是這樣又到底應該變成哪樣。因此，與其說林青霞在向讀者重述記憶，不如說她在為自己重整記憶；生命經驗的積累畢竟夠多了，她不止是在 recalling，她還在 re-positioning；她不止在記事，她還在理解、詮釋，並且不斷叩問事情背後的可能意義。花園裏的桃紅柳綠，由此特別耐賞。

這四十多篇文章的起點是〈滄海一聲笑〉，寫於二〇〇四年十一月；那是林青霞的第一篇散文，紀念患癌病逝的黃霑。那是我代表香港《明報》「世紀版」向她約的稿子，而我之所以敢於提出邀約，事緣於某個夜裏我們在施南生家中聊天，她談及曾有一段日子每當從台北返港，車子走在大嶼山的筆直公路上，她望向窗外的天空與燈火，心情頓然舒暢，因為她在台北悉心照顧父母親，常須面對醫院裏的生老病死的低沉氣氛，情緒難免鬱結哀傷，心頭眉頭皆壓抑得緊……那夜我半躺在鬆軟的白沙發上，呷着施大姐的紅酒，抽着徐克的雪茄，微醉，靜靜聆聽林青霞對於景物和心情的細緻描述，忍不住暗暗對自己說，她能寫。

於是後來我便撥出了邀稿的電話。於是後來便有了第一篇、第二篇、第三篇。於是後來林青霞很明顯已經欲罷不能，在報紙雜誌上寫得愈來愈勤快，由香港而台北，由台北而上海而深圳而大陸，或是首刊或是轉載，在許多城市的媒體上都能看見她的筆墨。於是再後來便有了這本《窗裏窗外》。

林青霞在自序裏憶及最初的寫作經驗，表示「當初如果知道他不改我的文字，我一定沒膽子公開，那麼我的文章就只能放在我書房的抽屜裏了」。這顯然稍嫌過慮。自問沒資格替別人改文章，更深信寫作是漫長孤獨的探索歷程而非考試作業，各有一套風格盤算，沒有太大的改動餘地，我其實倒過來經常訝異於林青霞對於寫作的認真，曾有許多個凌晨深夜，我和美枝聽見傳真機嗚嗚響聲吵醒，不必查看即猜得到是她傳來稿子；第二個晚上，又是凌晨深夜，稿子又來了，原來是修訂版；再來往往又有第三版第四版，林青霞總是小心翼翼地對待自己寫出的每個字詞，好壞美醜，她都盡了力去承擔。

我忘記了曾否對林青霞述及一樁小事：在她初次發表文章之後，我遇見董橋，他瞪大眼睛問我，「林青霞寫得相當好！是她自己寫的嗎？有人代筆嗎？有人替她改嗎？」，我一邊笑著搖頭，一邊因為董橋的驚豔而替林青霞感到高興。若知此事，林青霞應能多點自信。

不管是築蓋房子抑或經營花園終究都不容易，而最難得的是亮麗起步。我隱隱感覺站在起步點上的林青霞已經嘗到了文字的美好，所以她一定停不了，所以她肯定繼續寫。或許終有一天，除了一座茂盛的筆墨花園，林青霞還真的會把一幢華麗的文字房子展現於我們眼前；或許，我們不必再等另一個十八年了。

——馬家輝

她寫，我聽

我們的媽媽，她的生命裏充滿著傳奇的色彩。在我成長的過程中，從別人的口中聽過許多有關她的故事，在網上也經常發現她美麗的倩影，別人眼裏的她是女神，是萬眾矚目的天皇巨星，在我們眼裏她卻是個天天追著我們穿衣服，一會兒怕我們熱，一會兒怕我們冷的媽媽。

媽媽息影成家後，因為生活的轉變，一度感覺迷茫，不知何去何從。記得小時候經常看她拿著筆和一疊稿紙，寫寫想想，想想又寫寫，問她在寫什麼，她說她在把心裏的話寫出來，寫出來她就舒服了。

媽媽是個夜貓子，晚上不愛睡覺，有無數個夜晚，到她房裏找她聊天，她總是伏在梳妝檯上寫東西。一見我進門就眼睛發亮，彷彿找到了唯一的讀者，她拿著稿紙像小學生一樣，要求我聽她讀她寫的文章，我見那一地揉成紙團的稿紙，和她手上的墨水印，只好勉為其難的聽一聽。

她的聲音充滿了感情，她的文章也充滿了感覺。我喜歡聽她讀她寫的文章，我會很專注的聽，然後告訴她我的意見，她也虛心的記下所有我的提議再做一些修改。

記得有一晚我從她房裏回自己房間睡覺，第二天放學回家，她還是坐在原來的位置寫同一篇文章，就像是一個作家，其實，更像一個真正的藝術家。看到她被自己的文章感動而臉上綻放著喜悅的光芒時，我真為她高興，我為她找到了自己的生活方式和情感寄託而高興。

媽媽的文章就跟她人一樣，那麼真，從她的文章裏，相信讀者也會跟我一樣的瞭解她，接近她。

——邢嘉倩

鏡子裏的媽媽

一個清晨我揹著書包到樓下吃早點，經過媽媽的房間，看見房門底下透出一道光線，我好奇的推開門，見到媽媽背著我坐在梳妝檯前，她左手捂著頭，右手拿著筆，那支筆在她手中轉來轉去。鏡子裏，她眉頭微皺，正在努力的思考著。我問媽媽：「你怎麼還不睡覺啊？」媽媽摸著我的頭說：「我要出書了。」我聽了之後十分開心，真為媽媽感到自豪。

——邢愛林

紅紅的花，白白的雲

媽媽在寫毛筆字，我也在旁邊寫，我寫：「天有雲，地有花，紅紅的花，白白的雲。」我媽忽然說：「這是一首詩呢！是你自己想的嗎？」我嚇了一大跳。點點頭，本來後面還要寫「我愛花，我也愛雲。」被她一嚇我就不寫了。但是以後我就常常寫字在媽媽的鏡子上。

——邢言愛

我不寂寞

寫作出書從來不在我的意料之中，也是我不敢做的美夢，正如拍電影。如果不是黃霑，如果不是馬家輝，我不會有勇氣走出第一步。

黃霑臨走前兩個月跟我邀稿寫專欄，我沒敢答應。他走後，為了追憶他，我寫了第一篇文章〈滄海一聲笑〉。黃霑追思會那天馬家輝幫我刊登在《明報》「世紀版」。許多朋友看了鼓勵我，支持我，增加了我的信心和興趣，從此有了第二篇、第三篇乃至第五十篇。在黃霑追思會的前兩天，我坐在梳妝檯前，拿出稿紙和筆，一下筆就沒停過，如有神助的寫了兩千多字，彷彿是黃霑帶著我寫。到了天亮，我打電話給家輝，問他願不願意登我的文章，他看完回了個電話：「明天就登，一字不改。」

馬家輝是我的伯樂。他第一次跟我見面，就要求我寫專欄。不知道他是真的認為我能寫文章，還是以為明星寫什麼都有人看，也不知道他是真認為我寫得好還是懶得改，有時候被我逼急了，也會給我點意見。當初如果知道他不會好好改我的文字，我一定沒膽子公開，那麼我的文章就只能放在我書房的抽屜裏了。

為什麼會寫第二篇〈戲裏戲外都是戲〉？因為楊凡的好朋友正要發行邵氏公司的舊作《金玉良緣紅樓夢》，楊凡催了好幾次，要我寫一篇有關《紅樓夢》的文章。

在寫第三篇〈小花〉那段時間，正處於港台新聞媒體對我無中生有蜚短流長的報導中。見了柬埔寨吳哥窟石縫裏的小花，給了我很大的啟示，於是想跟大家一起分享我的感受。

第四篇〈牽手〉原名〈父親〉，是在跌跌撞撞滿身瘀紫的情況下寫出來的。那時候父親剛過世，我整個人就像一灘爛泥，東倒西歪的，整天拿著筆和幾張紙，一心想把我和父親的情感記錄下來。

第五篇〈華麗而溫暖的城市〉是為馬家輝的書《愛戀無聲》寫的序。在寫作圈還是幼稚園階段的我，要為博士寫序文，真是難為了我。那段時間父親剛離世，我帶著哀傷的心情到美國洛杉磯安葬老父。因為一早答應了家輝，不好推，交稿又有期限，只有帶著還未集結成書的稿件在飛機上一張一張的閱讀。因為情緒尚未從傷痛中回復，經常是拿著筆對著稿紙半天寫不出一個字，這才深深體會到以寫作為職業的人，那種被催稿的心情。當時心想，還好我不是靠筆吃飯，因為那寫不出東西又要準時交稿的煎熬，實在太痛苦了。

第十一篇〈有生命的顏色〉是給金聖華教授的翻譯詩集《彩夢世界》寫的序。金聖華是我的繆思，她很鼓勵我寫文章，常常給我打氣。每次見她以前，我總想擠出一篇文章，一方面是不想辜負她，另一方面也想聽聽她的意見。在和她談話的過程中，經常會因為她的一句話，觸動了我的靈感而完成一篇文章。從我的第三篇〈小花〉開始，她就成了我的把關師父，每篇文章的第一個讀者必定是她。我可以從她的聲音中感覺到文章的好壞，她總是用那清柔悅耳得像小女孩雀躍的聲音說：「青霞啊！好棒噢！你好會寫！」我也總是興奮的呵呵笑：「真的？真的？你說的是真的嗎？我好高興噢！」接著：「不過有幾個字你要注意。」有時候她會說：「這篇完全不用改。」就這樣她帶著我一路走上寫作這條路。五年前我們到又一城商場逛書店，她指著書架上的書說：「青霞，你想像一下，幾年後你的書就會放在這書架上。」當時覺得這簡直是天方夜譚。這本書如果可以出版的話，她絕對是我的推手。

在學校上寫作課的時候，老師總是教我們寫作要有起、承、轉、合。我寫文章經常是想了個頭，就一路順著往下寫，寫到最後不知道該怎麼收尾，只好寫個圓滿大結局，但總覺得沒什麼新意，經常為此而苦惱。二〇〇八年九月我正在寫〈重看《東邪西毒》〉的時候，認識了散文大師董橋，我藉此機會好好的向他討教一番，他說得瀟灑：「想在那兒停，就在那兒停。」有大師的一句話，我輕鬆多了。〈重看《東邪西毒》〉之後，每篇文章都得先過了金聖華那關才敢拿給董橋看。董橋很注重標點符號。我文章裏的逗點、句點、驚嘆號、問號……，在他的調度和修改之下，就更加的鮮活了。

龍應台在她辛苦耕耘她的大作《大江大海一九四九》的時候，還抽空在四季酒店的咖啡座給我私人上了一堂課。她很快的翻閱了幾篇我的文章，然後簡單的贈了我幾句：「不要寫『我覺得』、不要教訓人、不要太客氣的寫我很榮幸我很慶幸這一類的話。寫文章有些『我』字是不需要的。要像雕塑一樣，把不必要的多餘的字都刪掉。」這些話我都銘記在心，謝謝應台。

林燕妮說得好：「文章是腦子在演戲。」我在想，戲是我的文章，攝影機是我的筆，導演是我的腦子。我的寫作過程不過是換一種型式演戲罷了。現在人都喜歡用電腦寫字，我喜歡一個字一個字的寫在稿紙上，寫不好就把稿紙搓成一團往地上丟，丟得滿地一球一球的，感覺就像以前電影裏的窮作家，很有戲。

有一次從外面吃了晚飯回到家，經過梳妝檯，突然想到什麼，怕一會兒忘記，馬上伏在桌上寫，不知不覺坐了幾個小時，窗外傳來鳥的叫聲才知道天已亮了。看看鏡中的自己，不覺失笑，原來我臉上的妝還沒卸，耳朵上的鑽石耳環正搖晃著，低頭一看，一條藍色絲質褶子裙，腳上竟然還穿著高筒靴。時鐘指著六點半，正是女兒起身吃早點的時候，趕忙下樓陪女兒。兩個女兒見了我，一點也不驚訝，只淡淡的說：「媽，你又在寫文章啊？」

人說寫作是一條寂寞的路，在這條路上我有楊凡，他在我還沒正式開始寫作之前送了我一大堆稿紙，先幫我鋪好了寫作之路。我有施南生，她為了鼓勵我寫作破費送了我一套名作家限量版的 MONTBLANC 筆，讓我開開心心的走上寫作之路。我有遠在洛杉磯的唐書璇、舊金山的幸丹妮，他們在香港的午夜，那邊的早晨時刻跟我隔空討論文章。我有陶敏明、林美枝、黃秀如沿途的支持和鼓勵，一點也不感寂寞。每當寫出一篇感動自己又感動朋友的文章，那種快感是再怎麼辛苦都值得的。

十七歲踏入影圈，至今的三十九個年頭裏，有無數人寫過無數篇有關我的文章，有的有根據，有的卻完全是虛構。這是唯一的一本林青霞寫林青霞的書。這本書，我以最真誠的態度寫出我最真的感受，希望和你分享。

在此我衷心的感激金聖華、董橋、馬家輝、感謝瓊瑤姊和蔣勳老師在百忙中抽空為我寫序、感謝張叔平幫我設計這本精美的書，感謝所有鼓勵我、支持我的朋友，沒有你們就沒有這本書。

——林青霞

二〇一一年五月二十八日

一　戲

走進「窗外」

《窗外》第一天開鏡照　左一：曹健　左二：錢璐　左三：張俐仁　左四：林青霞
右四：宋存壽　右三：郁正春　右二：陸建業　右一：楊偉雄

多年之後再看我的第一部電影《窗外》，彷彿視線模糊了，看到的竟是「窗外」後面的生活片段和「窗外」之後的人生。

那年我十七，就讀台北縣私立金陵女中。高中三年級，同學們都在準備大專聯考。台灣就那幾所大學，人人都想擠進大學之門，功課不如理想的我，常感焦慮和迷惘，不知何去何從。也許是命運的安排，我注定要走上電影這條路。

高中快畢業那年，我和李文韻、袁海倫兩位同學走在當時最熱鬧的西門町街頭，經過天橋前西瓜大王冰果室（那時候學生們都約在這兒見面）門前，聽見後面兩位中年男子正在談論拍戲的事，我不經意地回頭看了一眼，結果那兩位男士就跟着我們，嚇得我一路從「西瓜大王」跑上天橋。一位男子抓着跑得較慢的李文韻，說他沒有惡意，只是想找我拍戲。當時我又瘦又小（還不到一百磅），心想他怎麼可能看得上我。他們想請我們喝咖啡，我們不肯，請我們留下電話號碼，我們也不答應。直說：「我們怎麼知道你們是不是壞人？」他沒轍，只好留下名片，請我們打電話給他，名片上寫着楊烈。因為還在上學，回家後當然沒有回電話。

高中畢業之後我沒考上大學，白天沒做事，晚上就到台北車站對面的補習班上課。有一天晚上我和同學張俐仁到「西瓜大王」隔壁的西裝店，拿訂做好的藍白花紋喇叭褲。走到街角轉彎處，有位矮胖、大肚子、突眼睛的男人，撞了張俐仁一下，問

林青霞高中學生照

她要不要拍電影，回頭又看了我一眼，說我也可以。因為有了上次的經驗，跟他拿了名片就走了。這個人叫楊琦。

有一天，張俐仁到我家，兩個人無聊，偷偷跑到附近的雜貨店門口打公共電話給楊琦。互相推託了一陣，最後決定由我來打，我戰戰兢兢的。

找到楊先生，他說：「你再找四個同學，你們六個人，有一場戲是你們六個美女穿着功夫裝，在游泳池邊練功夫，大家打打鬧鬧就掉到池子裏，然後你們爬上來，於是若隱若現地看到你們的身材。」

我馬上要掛電話，連說：「不演！不演！」他說：「那你要演什麼角色？」我說：「我們剛高中畢業只能演學生。」他說：「有一部學生電影正在招考新人。」於是我留下了電話號碼，等他有消息再打給我們。過一陣子接到他的電話，約我和張俐仁到咖啡館，他幫我們填了履歷表，帶我們到八十年代電影公司。記得當時我穿的是紫色的棉質上衣喇叭長袖，胸口繡着四個大大的白色英文字母ＬＯＶＥ，下着白色喇叭長褲，腳踩當時流行的鬆糕鞋。張俐仁則穿一條白色熱褲和六吋鬆糕鞋。辦公室裏有導演宋存壽、郁正春，還有一位謝重謀副導演，他們要我們脫了鞋站起來比高矮。臨走時和我們約了試鏡的日期。

我們家是傳統的山東人家庭，從來沒有接觸過電影圈。爸爸、媽媽、哥哥都反對，只有妹妹支持我。母親為此臥病在床三日不起，於是我打消這個念頭。

到了試鏡那天，張俐仁要我陪她去。植物園裏有六七位女生一起試，導演要求我也順便試一下，當時用的是八厘米黑白無聲錄影機拍攝。過沒多久楊琦到家裏來，說是導演選中了我做《窗外》的女主角江雁容，我驚訝地說：「怎麼可能讓我做女主角？我以為只是演同學甲乙。」

父母為了保護我，堅決不讓他們的女兒走入複雜的電影圈。我對拍電影充滿了好奇心，怎麼也不肯放棄。母親苦口婆心地勸我，甚至拿當年最紅的女星林黛和樂蒂做例子，她說：「最紅的明星到頭來也是以自殺收場，你又何苦……。」電影公司三番四次派人到家裏來都被趕走，最後來了位山東的國大代表。見了老鄉三分親，加上我再三保證，進了娛樂圈一定潔身自愛，母親才勉強答應陪我到電影公司見導演。記得那天，母親拿着劇本把所有接吻戲都打了叉，導演連哄帶騙的說：「可以借位。」母親要了《窗外》裏演我父母的曹健、錢璐家地址，出了電影公司的門就直奔他們家按門鈴。因為他們不認識我們，傭人說他們不在家。我和母親在門口從下午一直等到黃昏，他們夫婦倆被我們的誠意所打動而開了門。母親經他們再三保證宋存壽導演是電影圈出了名的好好先生，這才放心帶我回家。

十七歲到八十年代電影公司見導演的裝扮

張俐仁和我

OUTSIDE THE WINDOW

香港八十年代電影公司・台灣建業電影藝術事業股份有限公司

林青霞
胡奇
秦漢
領銜主演
曹健
錢璐
孫越
張俐仁
韓甦
恬妞
聯合主演
導演 宋存壽 郇正春
出品人 顧家輝
監製 楊偉雄
原著 瓊瑤
策劃 陸建業
製片 吳恩普
攝影 陳榮樹
編劇 陸建業
外

一九七二年夏，郁正春導演帶著兩份合約到我三重市光明路二〇二號的家。一人一份，因為還未成年，母親代我簽了生命中第一張合約，片酬新台幣一萬元，分四次給。

簽完約當天，我就和張俐仁到西門町逛委託行（當時沒有名牌衣服，委託行賣的是國外進口的高級服裝，非常昂貴）。張俐仁發現有一對穿着時髦的男女，一直在打量我們，她說一看就知道他們是星探，果然沒錯，那位美麗的女子過來問我有沒有興趣拍電影，我說剛簽了約。看樣子他們很惋惜。後來才知道那男士就是國聯電影公司大製片郭清江（進了電影圈之後，我還是為他們拍了一部他導演的《槍口下的小百合》）。

又過了一段時間，我和幾個同學又去逛西門町，迎面走來幾位穿黑西裝的男子，同學們驚呼「柯俊雄！柯俊雄！」第一次見大明星，大家都好興奮。剛一轉身後面跟來一位高大的西裝男士，同學們說他剛才是跟柯俊雄在一起的。他要找我拍電影，這次我豎起食指和中指老練地說我已經簽了兩年的電影合約（成名之後，柯俊雄邀請我拍他公司的戲，我問他記不記得那年在街頭，他身邊的人找我拍電影的事，他竟然記得。後來我跟他合演了《小姨》和《八百壯士》兩部戲）。

在這期間，還有一位中央電影公司的經理張法鶴，經他妹妹透過張俐仁打電話給我，邀我見面，當然我不可能再答應任何電影公司的邀約（日後我也為中央電影公司拍了一部到舊金山出外景的《長情萬縷》）。

就這樣，命運的安排，我走進了「窗外」。

二〇〇八年八月八日

陸沙舟攝影

《窗外》劇照　胡奇與我

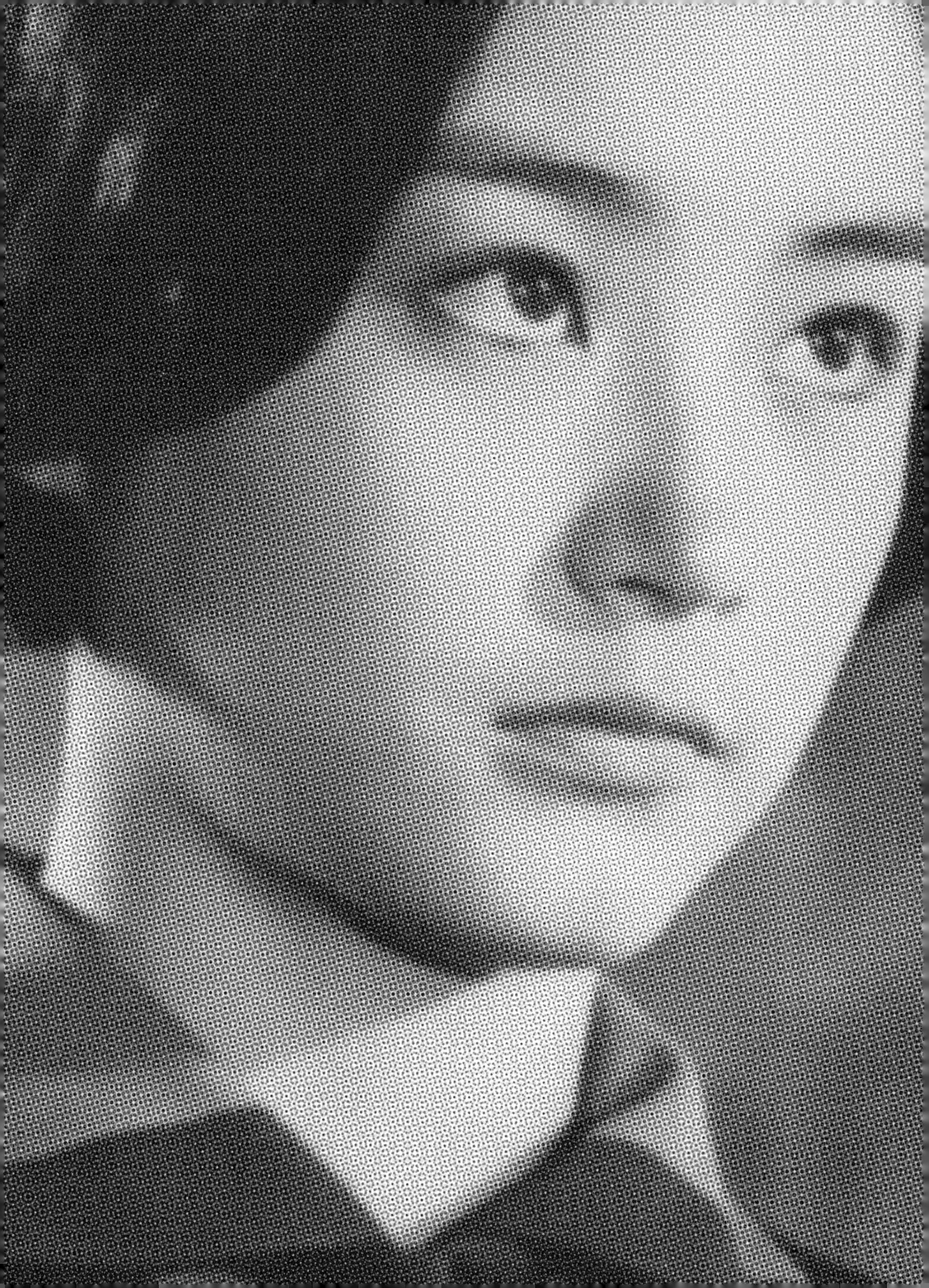

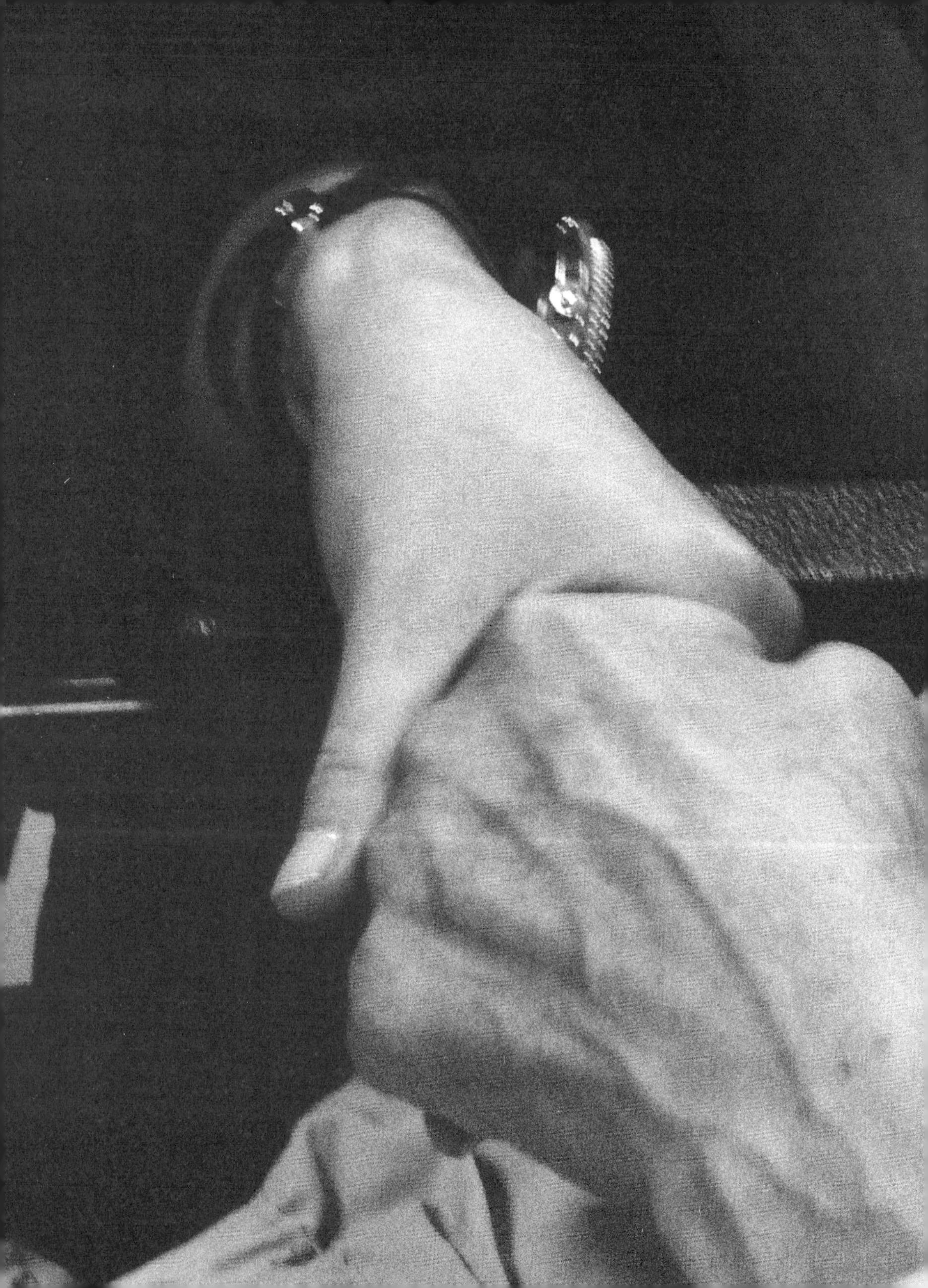

#《窗外》的風景

宋存壽導演、郁正春導演和我

宋存壽導演

《窗外》攝於一九七二年，那年我剛高中畢業，還是個愛做夢的年齡，就像初生之犢，一頭撞進了森森的叢林裏。幸運的是我遇見的都是圈裏的老實人，所以在這個大染缸裏並沒有被污染，一路走來也很順暢。在影圈二十二年的日子裏，我和我的影迷們一起成長着。

拍攝的第一天，一把大剪刀就把我剛剛留了三個月的頭髮剪短到耳朵之上，讓我哭得眼睛都腫了。初中三年加上高中三年，一共六年時間，學校規定我們的頭髮長度在耳上一公分，於是畢了業第一件事就是把頭髮燙了留長。雖然知道演的是高中生，還是捨不得那一把長髮。

電影前三分之二的學生戲，對於剛離開校門的我，演來不是問題。結婚以後的戲，在沒有接受過演藝訓練和沒有生活體驗下，演起來明顯的生澀。我的初吻就獻給了這部戲。還記得和男主角胡奇拍接吻那場戲。他教我把牙齒合上，嘴脣張開，其他的就交給他。我照做，兩個人牙齒磨得咯吱咯吱響。導演喊「卡」之後，我見攝影師陳榮樹的眼睛從鏡頭後面慢慢移出，一臉迷惘地說：「她像個木頭。」

《窗外》女主角江雁容的知己由張俐仁飾演，她也是我要好的高中同學，現在育有一子一女，過着幸福美滿的生活。演我妹妹的恬妞，當時只是個初中一年級學生，還背着書包來片場（現在她的女兒已長大成人了）。她經過兩次失敗的婚姻，目前還在影圈發展，是個自食其力的堅強女性。

演我另一個同學的謝玲玲，在她只有幾歲大的時候，就已做了童星。第一部戲是李行導演的《婉君表妹》。大大的眼睛，小小的嘴巴，又聰明又可愛。當時大受歡迎，也小有名氣。很早就嫁入豪門，現在已經是單身，與五個兒女同住，是個偉大的母親。

而男主角胡奇，戲拍完沒幾年就因病去世。

兩年前《窗外》導演宋存壽住在療養院裏，我去探望他。我們緊緊握着對方的手許久許久，導演的神情就像當年一樣，眼皮低垂着，像是陷入深深的思緒中。我則憶起當年的少不更事，常惹他生氣，彷彿我們又回到了三十五年前拍《窗外》的時候。他喃喃的說，夢裏胡金銓導演找他拍戲。兩年之後（二〇〇八年），他離開了人間，或許是應了胡導演的約，上天堂拍戲去了。

《窗外》合夥人郁正春，也是《窗外》的導演之一，對電影十分狂熱，每天準時到片場，經常指導我演戲，他不厭其煩地跟我對戲，拍到需要大笑時，他會在我對面哈哈大笑，讓我跟着入戲。因為宋導演的去世，我約他到四季酒店敘舊。當我踏入四季酒店的咖啡廳，眼前見到的是一位步履蹣跚、身形肥胖的背影。在這個時髦而現代的場合，似乎顯得很不搭調。我心裏一緊，幾年沒見，他，他怎麼會這個樣子？哦，不是幾年，是十幾年。我趕忙上前攙扶，他很費力地坐在對面那柔軟的沙發上。我望着他，眼睛濕潤了，當年那炯炯的眼神，變得灰白而無神，似乎對什麼事都提不起勁似的。最記得當年在杭州南路，八十年代電影公司的辦公室裏吃餃子，郁導演說：「青霞，你以後紅了就不會在這兒跟我們吃餃子了。」唉！真希望能回到從前，再跟他吃一回餃子。我們談到電影，他眼神即刻閃出亮光，彷彿又見到以前的他。

這些幕前幕後的夥伴們，經過數十年光陰的洗禮，都有着不同的人生風景，滄海桑田，永恆不變的只有《窗外》，它留住了我們的青春我們的夢想，提醒我們曾經擁有的一段回憶。

還記得拍攝《窗外》的日子，每天就像隻快樂的小鳥，從片場飛到家裏，和母親訴說着拍戲有多麼好玩，有多少人陪着我呵護我。母親躺在床上，雙臂環抱着頭，語重心長地說：「希望你以後都這麼快樂。」

一九七三年夏，《窗外》在香港上演，我一夜成名。接下來的二十年裏，沒停過拍戲。有了名，有了利，更有了得失心。在忙碌的工作和巨大的壓力下，已經忘了什麼是快樂。一九九四年嫁到香港，育有三名可愛又美麗的女兒。在人生的道路上歷經了人世間的悲歡離合、生離死別。雖然離開影圈十幾年，還是逃不開媒體的追逐。

世人說人生如戲，戲如人生，真實人生這場戲，比虛構的劇情更富有戲劇性。

二〇〇八年九月十一日

杜可風攝影

七十，八十，九十

劉尚謙
夏玲玲
鄧光榮
林青霞
梁修身

愛情長跑

一百年前香港第一部電影《偷燒鴨》開啟了香港電影之路，那是黑白無聲電影的年代，記錄了百年歷史的變遷，變到現在的彩色寬銀幕加上電腦特技。一路走來，中國人的電影，走出了香港，走出了台灣，走出了大陸，走到世界上許多角落，捧回無數的國際大獎。身為中國電影人怎不感到與有榮焉？

七二年從街上被人領入影圈，拍了第一部電影《窗外》，從此改變了我的命運。如果說我平均每年拍一部戲的話，那得拍上一百年。我的電影生涯跨足了七十、八十、九十三個年代，歷經了電影的三大潮流，也是我人生的三個階段。

七十年代的唯美文藝愛情片。

八十年代的社會寫實和詼諧喜劇片。

九十年代的武俠刀劍片。

七三年我來香港宣傳《窗外》，香港人被我的清純所吸引。媒體給了我一個「清純玉女」的稱號。《窗外》票房錄得六十五萬港幣，當時對文藝片來說是相當高的票房。我一夜成名。

至今《窗外》沒有在台灣上演過，一九七四年台灣上演我的第一部戲，是劉家昌導演的《雲飄飄》，當時西門町大排長龍，賣座四百萬。從此我片約不斷。

七二年至八〇年我總共拍了五十五部戲，其中五十部是唯美文藝愛情片。那個年代的台灣還在戒嚴期，民風保守純樸，電檢尺度很緊，我們這種片子最受歡迎。現在的情愛片關係很複雜、層次也豐富，有同性異性戀的，有政治色彩做背景的，有講前世今生的。我們那時候的愛情片非常簡單，就單純是男女談戀愛，多數是男追女，幾乎每部戲都有父母角色的參與。很容易拍，不用搭景，不需造型，陽明山的別墅我們都拍遍了，服裝自己帶，導演前一天告訴你帶幾件衣服，你回家就自己配，化妝梳頭也可自己搞定，一部戲三十個工作天，兩個月內就可拍完。

瓊瑤小說改編加上俊男美女最受歡迎。新加坡、馬來西亞的觀眾更是瘋迷。當時製片只要簽到秦漢、秦祥林、林青霞、林鳳嬌其中兩個人的合約，就可拿到新、馬片商的資金，也就可以開鏡了。所以媒體稱那個年代是二秦二林年代，那時候我們每個人手上同時都有幾部戲。我最高紀錄是同時間有六部戲在拍，忙起來兩個禮拜沒上過床。男女主角一到片場就找床，見了床倒頭就睡。有一次我靠著牆站著就睡著了，導演喊：「預備！預備！」才把我嚇醒，現在想起來還很懷念那段軋戲的日子。

成名帶來的壓力和長期的體力透支，我就像快斷了的弦似的，終於承受不了了。七九年的十二月二十九日，我離開了電影世界，到美國加州進修和享受自己支配自己時間的自由。

在美國的十五個月，拍了一部譚家明導演的《愛殺》。這部戲是非常講究的奇情戲，也稍帶血腥，導演為了要表達一種冷的感覺，整部戲在洛杉磯和舊金山拍攝，戲的背景以藍、紅為主，在我的電影裏是第一次有美術指導（張叔平）。從這部戲開始我進入了電影和人生的另一個階段。

八三年三月回到台北，電影界已經大移位，文藝片不再受歡迎。八十年代台灣解除戒嚴，電檢尺度放寬，電影類型也多樣化。這十年我嘗試了各種類型的戲，沒有一部是唯美文藝愛情片，電影裏也不再出現父母的角色。也許是時代改變了，開始崇尚自我感覺的關係。起初片商對我持保留的態度，直到拍了朱延平導演執導的詼諧喜劇片《紅粉兵團》，票房再創佳績。從此又開始了我的軋戲生涯，甚至是港、台兩地軋。

七十年代是戲裏文藝、戲外也文藝，常在人情的壓力下接了不少不想接的戲。八十年代是戲裏江湖戲外也江湖，人在江湖身不由己的情況下也接了許多不想接的戲。拍徐克執導的《蜀山》後跟香港結了緣，八四年接了林嶺東導演的《君子好逑》之後，就在香港待下了。香港資訊發達，電影也較國際化。香港人不講人情，不求人，合則來不合則去，我沒有了人情的包袱，也不再身不由己，拍了些比較考究的電影。

因為時代的改變，港台電影開始陸續到大陸出外景，九〇年第一次到長春、哈爾濱拍攝《滾滾紅塵》，這是以大時代的動盪期做為背景的愛情故事，也因為這部戲我得了唯一的金馬獎最佳女主角獎。

九一年接拍《東方不敗》，《東方不敗》之後的十七部戲裏有十一部是武俠刀劍片。徐克拍《東方不敗》的念頭是因《蜀山》而起，八三年拍《蜀山》有兩個鏡頭，是我站在水中的大石佛像上，一身紅，揮舞著衣裙轉身邪魔似的狂笑。下了戲導演以堅定的眼神跟我說，將來他會找我演一部戲。八年後他來找我，要我演企圖一統江山的教主「東方不敗」，是個男人，我沒什麼猶豫就答應了，因為我對他有信心。這部電影的票房是想像不到的好。這部戲帶起了武俠刀劍片的潮流，九十年代大部份電影公司找我演的都是反串男人的武俠片。

紅粉兵團造型

一九七二年到一九九四年的二十二個年頭裏，我從飄逸的純情玉女，演到刀裏來劍裏去的男人，見證了人世間的浮浮沉沉和電影潮流的起起落落。拍過一百部戲，演過一百個角色，其實，林青霞最難演的是林青霞。

二〇〇九年三月二十八日

《刀馬旦》劇照

《紅樓夢》造型　張艾嘉與我

戲裏戲外都是戲

朋友有時會問我，看自己的電影有什麼感覺。我說我不只是在看自己演的戲，同時也在看拍那部戲時的戲外戲，我會想我在拍那部戲的時候，做了些什麼、想些什麼、發生過什麼事，在拍某個鏡頭的時候，曾經有過什麼樣的情景，劇中的演員經過了歲月的洗禮，在真實的人生中又有著什麼樣的轉變。

重看二十八年前拍的《紅樓夢》，更加讚嘆李翰祥導演的才華和功力。電影的劇本、演員的造型、戲中的佈景、道具、剪接、配音，甚至指導演員演戲和古裝身段，全都出自李導演之手。

二十八年了，電影的畫面依然那麼清晰，腦子裏的記憶依然那麼清楚。

二十八年前我和張艾嘉每天一大早就到邵氏清水灣片場，由公司最好的古裝梳頭師傅彭姑幫我們梳頭，為了貼古裝頭套，還把我額頭兩邊的細髮都剃了去，化妝是小青哥，小青哥把我的眉毛尾端用膠水往上貼，再用眉筆把它加粗加長。服裝師傅先用白布把我的胸部包紮起來（使得胸部不至於顯得太突出），再穿上戲服。最後李導演拿出他的古董私貨頭飾，親自幫我們戴上。賈寶玉造型完成之後，我站在鏡子前面，那種興奮的感覺，簡直就像是醒著作夢一樣！

《紅樓夢》拍攝現場：歐陽沙菲、李翰祥導演、祝菁和我

李翰祥導演教導我做戲

我們早上開工，到了中午吃飯時間就脫了戲服，穿著裏面打底的白色水衣，頂著頭套，到片場附近李導演家吃午飯。李導演太太張翠英（我們稱她李阿姨）總是親自下廚煮她的拿手好菜給我們吃。

重看寶玉「洞房花燭夜」那場戲，回想李導演一遍又一遍的連唱帶踉蹌的走台步，加上激動的情緒示範給我看，我又老是演不好，他就這樣耐心的來來回回的走了十幾二十趟。我的演出終於過關了。過了一會兒，胡錦姊很神祕的在我耳邊說，李阿姨剛剛來了現場。我心想拍戲她從來不到現場的，莫非是來查勤的？

原來當時那麼個大熱天，片場裏至少有攝氏四十度以上的高溫，大燈光打著，我們又穿著厚厚的古裝戲服，汗水就在戲服裏順著大腿往下流，而李導演忘情的指導我演戲，大家都擔心李導演會心臟病發作，所以偷偷的把李太請來安撫他，餵他吃藥。我心想，好險，如果再不ＯＫ的話，那不是謀殺了大導演嗎？

女兒愛林最怕看我的電影，大概是因為我後期拍的武打片，大多打打殺殺，不是殺人就是被殺，有時齜牙咧嘴，有時血淋淋的，她覺得很恐怖。前期拍的文藝片又卿卿我我、摟摟抱抱，她也看不慣。

《紅樓夢》造型

有一天我帶兩個女兒到甄珍、劉家昌家去玩，甄珍拿了張《純純的愛》碟片問小女兒言愛，知不知道照片上的人是誰，言愛一眼就認出來是媽媽。這部片是我從影的第三部戲，第一部是《窗外》，第二部是《雲飄飄》。

《純純的愛》是劉家昌導演，也是我第一次到韓國在冰天雪地裏拍攝的戲。我拿回家放給女兒看，八歲的愛林有點擔心的問我戲裏說些什麼，我說：「《純純的愛》，就是很純很純的愛情故事嘍，不過我只記得最後一幕戲是我穿著白色的婚紗和男主角秦祥林躺在冰河中央。」愛林問我為什麼要躺在冰河上，「大概是病了吧。」不過我又說：「我演這部戲的時候，只比你的大姊姊嘉倩大一歲，當年我十八。」她一聽和她最崇拜的姊姊差不多大，還有點興趣，結果看到戲裏我心臟病發的痛苦表情，也心痛的受不了，不想看了，要我關機。

這麼多年來，《紅樓夢》從來沒有在戲院和電視重演過，這次能夠發行碟片，我和家人、朋友都很興奮，楊凡說，孩子們應該會喜歡看。有一天我和兩個女兒在家很無聊，我建議，不如看我的電影《紅樓夢》吧，沒想到老大愛林驚恐的嚷著：「媽媽不要！不要！」三歲的小女兒言愛也不知所以的捂著眼睛說她怕。我啼笑皆非的解釋：「這部戲，不打、不殺，也沒有親嘴，還有許多歌兒唱呢。」母女三人這才安靜的坐下來。兩個小朋友一左一右聽我講解劇情，看我拿著風車出場也覺得有趣，我告訴她們我演的是個小男生，言愛見寶玉生氣的把胸口的玉丟在地上，皺著眉頭認真的問我，他為什麼要丟那個東西？看到寶玉學他爸爸和一些老頭兒走路，又哈哈大笑，言愛還站起來表演賈父喝住寶玉的神情，三個人笑作一團。看到寶玉挨爸爸打屁股那場戲，言愛含著淚，紅著臉問我為什麼會這樣，我說：「因為戲裏的寶玉不乖，所以爸爸打她嘍，不過那不是真的，是演戲，我拍戲的時候屁股墊了毛巾，打起來不痛的。」

愛林聽說有毛巾墊著也就放心了，言愛還是無法釋懷，緊緊的抱著我，臉緊貼著我的臉，背對著電視說她不想看了，還指定要換《純純的愛》，大的很不高興，開門走人，小的也沒真的在看。後來大的問我：「妹妹才三歲，為什麼她說什麼我們就得照著她說的去做，還非得看《純純的愛》，其他片子還不成！」

我耐心的解釋：「妹妹的情緒不能平衡，但她自己找到了一個紓解的方法。同樣是看我演的電影，但她的情緒因此得到了轉換，這不是很好嗎？你看，她現在不是沒事了？」大的也能理解。到了夜晚，小的睡了，我再陪大的把《紅樓夢》後半部給看完，大的很滿足的告訴我說：「媽媽，我喜歡《紅樓夢》。」這是她唯一看完的一部我演的電影。

二十八年後再看《紅樓夢》和二十八年前拍《紅樓夢》，這中間所有的人、事、情，都變了，不變的是《紅樓夢》的歌和詞，不停的在我腦子裏迴旋著：

想當初，妹妹從江南到我家……
是誰，是誰暗下無情劍……

二〇〇五年二月

《紅樓夢》劇照

《東邪西毒》劇照

重看《東邪西毒》

十四年之後再重看《東邪西毒》，不只我看懂了，其他人也看懂了。不知道是不是王家衛的思想領先了我們整整十四年？

十四年前在威尼斯影展，我第一次看《東邪西毒》沒看懂。心想：「為什麼每個人說話都沒有眼神接觸？好像個個都對着空氣講話。到底誰愛誰？到底誰跟誰好？這麼多人物，誰是誰都搞不清楚，怎麼會好看？」看完電影我失望地吐出三個字……「不好看！」

十四年後，經過重新配樂（馬友友演奏）和調色，音樂美，顏色濃。每個畫面就像是一張完美鮮豔的油畫。加上人生閱歷多了，對人、對事、對感情的看法也不像從前那麼簡單，我終於看出了苗頭。整部戲講的就是一個「愛」字，每一個人都有對愛的渴求，每一個人都很孤獨。無論你被愛或不被愛都逃不掉那種孤獨感。導演用現代的手法古典的氣韻來表達這種孤獨感。

看他的電影是一種享受，拍他的電影卻是一種磨煉。

那年在榆林，每天將近黃昏時刻，所有演員都得把妝化好，在山洞口等天黑。吃完便當，天一黑就得進山洞。就那麼一點大的空間，又打燈，又放煙，再加上工作人員抽煙，空氣壞得使人幾乎窒息。拍到天快亮了，導演還一次次要求重新來過。我一頭亂髮，眼神渙散，木無表情，導演還笑着說：「青霞快瘋了。」其實他就是想要我那瘋了的感覺。

記得很清楚，張國榮第一天到榆林，悶悶不樂的。原來之前他在香港拍的戲都報廢了。我也是演員，所以很能體會他的感受，很替他難過。有一天晚上，在拍戲空檔，我坐在洞口躺椅上休息，他走過來告訴我他後腦杓給蠍子螫了。大家傻了眼，蠍子是有毒的，這可怎麼了得？收了工回酒店，見他坐在大廳椅子上低着頭，旁邊兩個黑黑瘦瘦的當地人，拿着一瓶滿是蠍子泡的水讓他擦，說是比看醫生管用。國榮已被嚇得六神無主，只有一試。那晚，他一直沒敢合眼。第二天就沒事了，也不知道是不是以毒攻毒的效果。

《東邪西毒》定妝那天，我的電影《笑傲江湖之東方不敗》剛結束上映沒多久，票房是意想不到的好，我更是火紅得厲害。帶着《東方不敗》的餘威，信心無比地到澤東電影公司。然而拍完定妝照以後，我的信心就完全被瓦解了。導演要求我擺出各種不同的姿勢拍照，無論我怎麼擺，他都說我像東方不敗。我心想，我不是演男人嗎？男人不就得這個樣子嗎？

第一天到片場，混在所有大牌演員（梁朝偉、張國榮、張學友、梁家輝、張曼玉、劉嘉玲、楊采妮）之間，簡直不知道自己該怎麼演才好。記得那天是十一月三日，正好是我的生日，公司準備了一個大蛋糕，讓所有演員圍着蛋糕唱生日快樂歌，可是我一點都快樂不起來。後來聽劉嘉玲說，那天我還哭了呢。真丟臉，這點小事……。

結果《東邪西毒》裏的我，還真的不像東方不敗。那是一種——一種帶點神祕感的男人味。

開鏡之前，我想先做做功課，所以不停地跟導演要劇本，沒想到導演說：「我就是不要你們做功課。」

後來導演實在被我逼得急了，送了個劇本給我，但他說，等戲拍出來肯定跟劇本不同。

我一直不諒解，導演為什麼不給演員劇本，為什麼要瓦解演員的信心，為什麼演員千辛萬苦演的戲會被剪掉？

經過這許多年，自己開始寫文章才體會到，原來攝影機對導演來說，就好比他手上的一支筆，他要下了筆之後才知道戲怎麼走下去才是最好的。他要演員拿掉自我，走進角色。他像雕塑一樣，把那些多餘的、不好的去掉，剩下來的才是真正的精華。

二十多年拍了一百部戲，巧的是第一部《窗外》和第一百部《東邪西毒》的版權都在王家衛的手上。即使拍了一百部電影，仍然因為沒有一部自己滿意的作品而感到遺憾。看完《東邪西毒》，我跟導演說：「我少了遺憾，多了慶幸。」

二〇〇八年九月二十六日

#《東方不敗》甘苦談

「用力！用力！再用力！」夢裏我用盡全身吃奶的力猛地一甩頭，才從夢魘中醒了過來。「撐着點，別再睡着了又醒不過來。」我告訴自己。瞇着眼睛往窗外望去，漫山的煙霧，許多光着膀子的大男人，手裏提着裝滿點燃稻草冒出大量輕煙的水桶，一邊叫嚷着，一邊漫山遍野地跑，製造出煙霧瀰漫的氣氛，攝影機架在高台上，特大號風扇在攝影機的後側，攝影師正在試鏡頭，導演用大姆指和食指托着下巴，微皺着眉，正在跟攝影師交換意見。我坐在破舊的七人小巴（小型汽車）裏，穿着東方不敗的戲服，在那荒山上也算是個男人。唉！這是何苦？大姑娘家的，三更半夜混在這些「臭」男人堆裏扮男人，累得差點醒不過來。

副導演請我就位，到了現場才知道我得站在高高的樹頂上，表現東方不敗高強的武功。武術指導把兩條鋼絲穿過戲服，扣在戲服裏綁得緊緊的衣服上。「一！二！三！拉！」我上了樹。個把鐘頭後才聽導演喊「預備！預備！預備！開風扇！放鴿子！Action！」一大群鴿子朝我這兒飛，「啪」的一聲，一隻鴿子打在我臉上。臉滾燙。我心想千萬別眨眼，忍着點，挺起胸來扮威武。否則重拍更辛苦。結果因為鴿子沒演好還是得重來。

東方不敗練功。

沙塵滾滾。

東方不敗
風雲再起
徐克
監製
程小東
林青霞

我在沙灘上，張開雙臂奮力向前奔，大風扇吹起紅木泥，銀幕上的我神勇威武，銀幕下的我灰頭土臉。

東方不敗要從海面升上來。

拍這場戲前一晚，我告訴自己一定要早睡。

電話鈴響了，是楊凡找我打麻將。

「不行！今天我要早睡，明天早班要下水。」

「拜託啦！三缺一。」

「絕對不行，現在已經十點了，要打到什麼時候呀？」

「有尊龍吔！」

「有尊龍？好吧，為了看明星，最晚不能超過十二點。」

那晚楊凡特別開心，笑得連小舌頭都看到了。打了四圈，到十二點我堅持要走。其他三家千求萬求的不讓走。好吧！勉為其難再打四圈，就這樣四圈又四圈，一直到天亮六點才「收工」。

我拖着疲憊的身子，覺也沒睡就到了拍戲現場，化好妝準備一會兒下水。左等右等還沒輪到我，也不敢睡覺。直到黃昏才叫我穿上戲服。

海水裏，幾個武行拿着滅火器製造水泡，表現東方不敗的爆炸力，一台油壓升降機讓我站在上面手扶着桿子，穩穩的浮出水面。

「預備！開機！」

幾個滅火器開啟，水面咕嚕咕嚕的，像煮開的水，我抓着升降機，還沒到水面，假髮就給升降機夾住了，嚇得我猛往上竄，生怕上不來給淹死。導演以為冒出水面的，會是一張美麗的臉孔，沒想到出來的是一張恐怖扭曲的臉。

天馬上要黑了，再戴假髮也來不及。我提議，不如把我的長髮往後攏一攏拍好了。滅火器也因為效果不佳而取消。

結果在夕陽的餘暉下，東方不敗從平靜的水面緩緩上升，配合着強勁的音樂，反倒成了最美最自然的一個畫面。

最後一場戲在安達臣道石礦場拍。第一天到現場，下着大雨，好冷好冷。我剛到化妝間就聽說十幾個臨時演員都冷得跑了。大家推舉我打電話給徐克。「導演，天氣太冷了，又下雨，臨時演員都跑了，還拍不拍？」「下刀子都要拍！」結果這天拍過的戲都要重拍，因為我的臉給凍得都腫了。

《東方不敗》最後一個鏡頭又是黃昏，又得趕拍。武術導演手舉着笨重的攝影機，因為要拍出東方不敗死前掉下山崖最後一瞥的眼神，攝影機必須配合演員轉動。時間緊迫。這個鏡頭要在太陽下山之前完成。武術導演心浮氣躁地一邊調整焦距，一邊移動腳步，踩得碎石「沙沙」作響，嘴裏還夾着粗話。在這兵荒馬亂時刻，我告訴自己要鎮定，要鎮定，這個鏡頭很重要，千萬別受環境影響。於是我整一整假睫毛，滴上眼藥水。我說：「來！」「ROLL 機！」我含着眼淚，帶着東方不敗複雜的情緒，微笑着跟着攝影機轉半個圈。這三秒鐘的眼神讓觀眾留下了深刻的印象。

電影終於殺青了，導演徐克設宴在福臨門。我舉杯敬導演：「好高興哦！這部戲終於殺青了。」「你明天幾點上飛機？」導演問。以為導演關心我而感到窩心。我說：「十一點。」徐克說：「明天九點通告，加拍一個東方不敗出場特寫。」我還沒高興完，馬上又收起笑容，相信我的表情一定很滑稽，徐克忍得很辛苦才讓自己不笑出來。

原來第二天補拍的是《東方不敗》出場的第一個鏡頭，劇情是東方不敗從樹林裏飛出來，臉上的面具被枝葉刮掉而露出他的真面目。這個鏡頭還真的很重要。

孟子云：「天將降大任於斯人也，必先苦其心志勞其筋骨……。」

《東方不敗》的票房，是做夢都夢不到的好，所有的辛苦都是值得的。

二〇〇八年七月三日

杜可風攝影

《東方不敗》劇照　美亞娛樂提供

我哭了大半個中國

那年在敦煌，有個夜晚，明亮的月光把我的影子映在柔和的沙丘上。沙丘前傳來許多嘈雜的聲音，那是工作人員在吆喝着打燈光，攝影師在調整攝影機的位置，導演在指揮現場。

我忍着眼痛坐在沙丘後的竹凳上等開機，剎那間被眼前那巨大挽著髻的古代女子影子吸引住，那種迷離感真是不知身在何處。

那夜，我在敦煌拍攝《新龍門客棧》。前一天武術指導說，第二天要拍我的一個特寫，會有許多竹箭向我臉上射去，我要用劍擋掉這些竹箭。我擔心箭會射到眼睛，他說，如有這樣的情況，人本能的反應會把眼睛閉上。拍這個鏡頭的時候，為了不想ＮＧ，我睜大眼睛快速地揮舞着手中的劍。說時遲那時快，有根竹子正好打中我的眼睛，我確實是自動閉上了眼，但還是痛得蹲在地上。

那是荒郊野外的沙漠地帶，不可能找得到醫生，醫院也關了門，副導演問我還能拍嗎？我照照鏡子，想把被眼淚弄花的眼睛整理整理，忽然發現黑眼珠中間有條白線。武指說是纖維，我點了很多眼藥水，怎麼沖，那條白線還在。我見工作人員等急了，趕忙回到現場就位。當時雖然受傷的右眼還在痛，可我被眼前的景象吸引着也顧不得痛了。心想，如果不是拍戲，我不會欣賞到這樣的夜景；如果不是拍戲，我不會有這樣複雜得說不清的感受。我告訴自己，要記住這一刻，像這樣的情境在我的生命中將不會再現。真的，到了十七年後的今天，這個畫面，這個情境，還是鮮明的印在我的腦海裏。

那天晚上，我一個人在敦煌酒店裏，因為自憐和疼痛，哭了一夜，直到累得昏過去才睡着。

第二天，製片帶我去醫院掛急診。一位中年女醫生到處找插頭準備接上儀器，等儀器接上了電源，她照了照我受傷的眼睛，神色凝重地說：「如果你不馬上醫，眼睛會瞎掉。」我看了看桌上的容器，裏面裝着一大堆待煮的針筒和針，懷疑地問：「你們不是每次都換新的針啊？」她很不高興地回答：「我們這都是消毒過的！」

當天我就收拾行李回香港。徐克和南生那天專程趕來拍我的戲，我要求他們等我看完醫生回去再拍，徐克說時間緊迫，不能等。

在機場碰到他們時，我一隻眼睛包着白紗布。見到南生，兩人抱在一塊兒，也不知道說了些什麼，只記得兩個人三行淚。

我一個人孤孤零零的從敦煌到蘭州，再從蘭州轉飛機回香港。在飛機上我把臉埋在草帽裏，一路哭回香港。傳說孟姜女為尋夫哭倒長城，我是因為《新龍門客棧》哭了大半個中國。

《新龍門客棧》劇照　張曼玉、梁家輝和我

《新龍門客棧》劇照

養和醫院的醫生說黑眼珠那條白線，是眼膜裂開了，沒有大礙，住院兩天就沒事了，可是大隊人馬已經回到香港趕拍結局。

我非常懊惱，千里迢迢跑到敦煌大漠，在那美好的景色裏，竟然沒有留下什麼。因為懊惱，一直到現在我都不願看《新龍門客棧》。

從小就喜歡寧靜的夜晚。今年復活節我們一家人到泰國普吉島度假，一個星期都住在船上。每到夜闌人靜大夥兒都睡了，我總是一個人躺在甲板上看月亮。有一晚那月光亮得有點刺眼，它的光芒照得周圍雲彩向四面散開，形成一個巨大的銀盤子，又像鑲了邊的大餅，這樣奇特的景色，我看了許久許久。

這一刻，我想起了十七年前在敦煌的那一夜。

二〇〇九年四月十三日

《八百壯士》劇照　柯俊雄與我　　相片由中影股份有限公司提供

#《八百壯士》戲裏戲外

上海黃浦江

上海蘇州河四行倉庫

一九七六年台灣中央電影公司籌拍《八百壯士》，戲裏有個角色是中國女童軍楊惠敏在日軍的炮火下，衝過英租界，拼命游過蘇州河，將國旗獻給死守四行倉庫的八百壯士。

許多女明星都想爭取楊惠敏這個角色，導演的要求是女主角一定要會游水，於是我天天練游泳，有一天導演到泳池來看我，當場就決定由我飾演。

記得開鏡那天，許多當年的女童軍穿著童軍制服到現場，年齡大約都在六十左右，楊惠敏精神奕奕的走到我面前，她很懷疑這麼瘦小的我能不能勝任勇敢的女童軍（五呎六的我當時還不到一百磅）。她用她那又粗又大的食指一邊大力戳我那滿是排骨的胸膛一邊說：「你要硬起來！知不知道！你要硬起來好好的演。」我被戳得倒退兩步，心想，她真不愧是女中豪傑。

一場游過蘇州河的戲就分別在很多場地拍攝，然後把在河裏、水溝裏和水底攝影棚裏拍攝的戲剪接起來才能完成。那年我二十，年紀小膽子大，導演叫我從橋底往河裏跳，我撲通一聲就往下跳，反倒是導演捏了一把冷汗。中央電影製片場有一條阻塞多年的大水溝，臭氣衝天，平常也不注意有這麼一條溝，那天去片場，場務拿著一條長竹竿很高興的告訴我：「一會要拍你從這兒游上岸，我把水溝都清理乾淨了，你放心。」我沒怎麼多想就下了水溝（其實想也沒用，片場導演最大，他說什麼都得照做），還好沒怎麼NG，上了岸我說剛才好像看到蛇。化妝師和工作人員抿著嘴笑說他們也看到，只是不敢講，怕說了我不肯下去。我心有餘悸的往回看：「啊呀！有條大便！」場務裝腔作勢的說：「沒有啦！那是香蕉！」

最後是在水底攝影游泳池拍，那天寒流來了，氣溫在攝氏六至八度，所有人都穿著厚大衣，講話嘴裏冒白氣兒。導演說那天一定要拍，因為第二天就要放水了，我穿著卡其布的童軍服，脖子綁上了綠領巾，背著書包就跳進那冰冷的游泳池。拍了一會兒，我趴在池邊等拍下一個鏡頭，整張臉給凍得都縮了，副導演見我可憐，叫我上去，給了我一口酒，要我到火邊烤一烤。沒想到酒加上一冷一熱的反差，令我即刻全身發抖的倒在地上，彷彿要窒息似的，我放聲大叫，叫得驚天動地。只記得一大堆人一邊吆喝一邊把我抬到辦公室，我還是不停的抖，身上的濕衣服也沒法脫，一陣忙亂中，隱約見到一支好大的針筒往我身上扎。等我醒來的時候，媽媽和哥哥都在我身邊。

因為《八百壯士》，我贏得了一九七六年亞洲影展最佳女主角獎。

一九八五年應導演謝晉的邀請，到上海商討拍攝白先勇的小說《謫仙記》一事，到了上海第一件事就是參觀四行倉庫，我望著那殘舊的倉庫和狹窄的蘇州河，想像著當年八百壯士英勇奮戰的情景和楊惠敏橫渡蘇州河的動人事跡。

電影裏楊惠敏獻給團長謝晉元的青天白日滿地紅國旗，在四行倉庫樓頂上升起，八百壯士和我望著冉冉上升的國旗，舉手敬禮，熱淚盈眶。真實的事發生在一九三七年。經過半個世紀，我到上海四行倉庫，看到樓頂上飄的是五星旗，我淚眼模糊了，彷彿看到青天白日滿地紅和紅底金黃五顆星重疊在一起。

看了龍應台《大江大海一九四九》才知道八百壯士撤出四行倉庫時只有三百五十八人，這些人一出來就被英軍下令繳械且關進收容所，過著受英軍監禁、日軍包圍的日子，四年後日軍入侵租界，孤軍成為戰俘，分送各地集中營，為日本的侵略戰爭做苦役後勤。而電影《八百壯士》結束的畫面卻是，英勇的壯士們在《中國一定強》的雄壯歌聲中，眼神堅定的踏步邁出。現實的世界有時比電影演的還殘酷，比戲劇還要戲劇。

二〇一〇年三月九日

杜可風攝影

淚王子楊凡

楊凡又完成了一部作品《淚王子》。他對電影總是那麼不離不棄。他看過無數的中外電影，經常抓著電話跟我訴說他所看到的電影情節，一說就是半個鐘頭，話中沒有休止符，我也不好意思打斷他，也因此我從他那兒獲得許多電影知識。

不知道他是傻瓜還是聰明人，我想他兩樣都是。平常他省吃儉用的，夏天一雙涼鞋，冬天一雙破球鞋，揹的是台灣最便宜的書包，出門總是搭經濟艙，可是拍起戲來他決不手軟，兩千多萬港幣一部戲，自己掏腰包。你說他傻不傻？拍戲花錢像流水，朋友都為他擔心，他眨眨眼睛，一張帶著酒窩的笑臉，一派優雅的擺擺手：「我知道自己在做什麼。」那些想勸阻他的朋友只有口水一吞，把要講的話給嚥了回去。

他的人生之路走得比誰都瀟灑都自在。對電影的痴迷，對電影的熱愛，令他勇往直前，一部接著一部往下拍。有時電影票房不如理想，他會說：「人家愛不愛看無所謂，反正我是百看不厭。」他有時也為別人不懂他的電影而沮喪，有一次他跟我說：「這是我最後一部戲《遊園驚夢》。」我說：「不會的。」他好奇的問：「為什麼？」我隨口說了句：「因為你會得獎。」他高興得不得了。過沒多久我告訴他我做了一個夢，夢裏，他得了七十個大獎，我在台上頒獎給他，他不小心沒接著，掉在地上，變成一堆金沙。我不知道這夢有什麼徵兆，不過他那部《遊園驚夢》還真的在蘇俄捧回幾個大獎。我在想，他那種國父革命精神，在他有生之年還真的有可能給他拿到七十個獎項。到了那個時候，垂垂老矣的楊凡可能會沙啞的說：「這些獎項只不過是一堆金沙，對我來說，在我的創作過程中、在我的拍攝過程中，所得到的樂趣和電影完成後我帶著它環遊世界，那才是我真正得到的獎。」

楊凡很有眼光，他總能在演員還沒成氣候之前，就錄用了，等到那些演員成了大明星，他會再去發掘新人。一九八五年他拍《玫瑰的故事》，男女主角是周潤發和張曼玉，電影上演的時候，我和周潤發正在拍攝《夢中人》，周很開心的跟我報告，說《玫瑰》票房賣得很好，那時候周被封為「票房毒藥」，楊凡用《玫瑰》幫他解的毒，目前他已是好萊塢大明星了，演玫瑰的張曼玉也榮升了坎城影后。記得在九八年，楊凡籌備《美少年之戀》的時候，在麻將桌上，拿了一張穿警察制服少年的照片給我們看，我驚為天人，要他馬上錄用。那位少年就是現在的大明星吳彥祖。

《淚王子》戲一開場，有位在樹林裏拉著手風琴的年青人，他眼波迷濛的沉醉在自己拉的音符裏，彷彿他和音樂合而為一，讓你眼前一亮。這個年青人很陽光，很有朝氣。因為《淚王子》楊凡發掘了他。電影裏只要他出現，你就看不見別人，他能掌握住觀眾的視線，這就是觀眾緣。很少用「迷人」來形容一位男演員，但這位演員是迷人的。

楊凡與我

楊凡攝影

「講出來吧，你尋找的是誰，年輕的手風琴手，你快說……。」林子祥唱得蕩氣迴腸，我也聽得入了迷，電影早已結束，我還捨不得站起來。

「楊凡，你快說，那年輕的手風琴手，他是誰？」

「張孝全。」

「怎麼從來沒聽說過。」

「他是個特別的男孩子，他不強求，也不在乎。」

「你要他好好的努力，他將會是一顆鑽石。」

二〇〇九年六月十五日

二親

家鄉的風

山東農民與我

山東青島我家鄉
爹和娘的生長地
我問爹啊我問娘
是否化成家鄉的風
請你輕撫我的髮梢
讓我重溫你們的愛
我問天空我問雲
可否化我為枝上鳥
隨著那風兒遊老家

二〇〇七年九月　山東

大林鎮
三角里
社團新村
155

杜可風攝影

夢與真

陸沙舟攝影

我的一生像夢。「夢」與「真」交錯編織出我的一生。

小時候在眷村的日子，經常爬上前院的大樹幹上做白日夢。我做的是老師夢、車掌小姐夢，在我小小的心靈裏她們就是權威的象徵。想做而最不敢做的是明星夢，我曾仰望著天上的白雲，心裏想著，明星就恍如雲裏的仙子，又怎是我這鄉下小女孩所能企及的？小女孩只能在鄉間的小路上幻想著大明星有一天出現在她的巷子裏。

念初中了，有一次我問三姨，當中國小姐好還是當明星好，那時候台灣有位小童星在李行導演的《婉君表妹》裏飾演唐寶雲的幼年，既可愛又會演戲，當時真是轟動一時，我羨慕極了，她就是謝玲玲。我三姨還笑說：「你是不是想做她們？」羞得我臉都脹紅了。

高中快畢業，我夢想著踏進社會能做祕書小姐，或當空中小姐去實現我環遊世界的願望。

走出校門，竟然如夢似夢的在香港一夜成名，還來不及高興已經成了我不敢夢想的明星，而在我最閃亮的日子裏，我回到兒時走過的鄉村小路，尋找做夢的那個小女孩。

那天躺在床上摟著兩個小女兒睡覺，她們總愛聽我說小時候的故事。我訴說著小時候的夢，女兒說很想去看看我長大的地方，我說有一天一定會帶你們回去的。我呢喃的說：「我擁有你們三個小寶貝，有時候想想，彷彿自己置身於夢裏面的夢。」女兒輕聲的說：「你以前會不會想到有我們？」「人是會改變的，我以前的惡夢是結婚生小孩。」「為什麼？」「因為我以為我不喜歡小孩，以為結婚就好比走入墳墓，沒有了自由，也不能做自己喜歡做的事情。原來惡夢有時會是相反的。」

「媽媽，再講講你小時候在鄉下的故事。」

「小時候呀，媽媽最喜歡跳水溝，家裏附近田地旁有一條左右兩側是斜坡，坡底是一道清流的大水溝，媽媽最喜歡左邊兩步右邊兩步的踏著斜坡往前跑。跳多了，凡是看到水溝就跳，有一次跨過一條又髒又臭的水溝失足跌進溝裏，滿身污泥，姥姥把我揪到河邊，讓河水把媽媽沖洗乾淨，河邊洗衣服的鄰家大嬸們笑得好開心，我只顧低著頭羞得無地自容。搬離鄉下，最讓我捨不得的，就是那條斜坡水溝和前院那棵容我發白日夢的大樹。」

靜謐的空氣中，我們母女三人摟得更緊了，黑暗裏感覺三個人都瞪著大眼睛，彷彿我們在一起編織著人生的夢，夢裏演著自己的角色。

二〇一〇年三月三日

我和父親林維良

牽手

對父親的第一個記憶，是在我三、四歲那年。

每當接近黃昏的時候，我總會蹲在眷村的巷口等待爸爸回家。

父親個子高大英挺，穿上一身軍服，更是英俊瀟灑，見到父親的身影出現，我總會撲上前去握著他的手回家，我那小小的手，緊緊的握著他的大拇指，那種溫暖和安全感，就好像已經掌握了整個世界。

父親是個山東大漢，為人直爽，待人真誠，他生性幽默，一生儉樸，並且知足常樂。

在我生命中最忙碌的二十個年頭裏，母親為了保護我，跟著我東奔西跑、寸步不離，哥哥、妹妹又遠在美國，父親經常獨自一人留在台北家中，本以為這段時間是我們父女情感的真空期，現在回想起來，才明白當年他正在默默的支持著這個家，他是穩定整個家的力量，他令我們在生命中勇往直前，沒有後顧之憂。

父親

母親　哥哥　父親

妹妹和我

我和父親林維良

四年前父親身體因為肝硬化而起了變化，必須每兩、三個月接受一次栓塞治療，父親雖然不願意去醫院，但由於對我的信任，總和我攜手共度一個個生命的關口，每當做完一次治療，他總會忍著痛微笑著對我說：「又過了一關。」我也總豎起大拇指說：「爸！你真勇敢！」在這四年當中我們也不知共同度過多少個關口。

感謝上帝給我機會和足夠的體力，使我能經常陪伴在他老人家身邊，真切的感受父親的愛、感受他雋永的智慧、以及面對生死那從容的態度。

在父親最後的歲月裏，哥哥、妹妹、我、女婿、孫女們，還有父親的老朋友輪流的探望他，尤其是孫女們，逗得老爺非常開心，父親還特別告訴我，見到愛林和言愛，他內心是如何的充滿著喜悅和幸福，也感恩於自己所擁有的親情友情和生命的圓滿。

最後一次陪父親到國父紀念館散步，父親緊緊的握住我的手，臉上呈現出來的神情既溫暖又有安全感，就彷彿是我小時候握著父親大拇指那種感覺一樣。

父親平安的走了，雖然他離開了我們的世界，但他那無形的大手將會握住我們兒女的手，引領我們度過生命的每一刻。

二〇〇六年六月三日

06.08.03 青

只要老爺你笑一笑

「只要老爺你笑一笑，老爺老爺您好，我到台灣來看你，只要老爺你笑一笑……。」

這是父親在生的時候我為他做的歌詞。

父親〇六年離世，在他臨走的前幾個月，我經常帶女兒去探望他。有一次在飛機上我跟女兒愛林說：「老爺年紀大了，身體又不好，要讓他笑是件很不容易的事，你是他最疼愛的孫女，最容易逗他開心，只要你為他做一件小小的事，那怕是遞一張紙巾給他，都能令他笑開懷。你要幫媽媽孝順父親，也要為自己孝順老爺。」

父親房間很安靜，我正走進去，只見父親靜靜的躺在床上微笑的望著愛林，女兒伏在他床邊的小桌上，正專心的做一張祝福老爺身體健康的卡片。這個畫面就像照片一樣印在我的腦海裏。

女兒愛林和父親

吃晚飯的時候，越南工人阿江捂著嘴笑得東倒西歪的，原來是父親在餵愛林吃菜，愛林來者不拒，嘴巴張得老大，父親一邊餵一邊笑，弄得全桌人都笑了。我知道愛林愛老爺，她也愛媽媽，儘管她覺得有點尷尬，只要老爺笑了，她多吃幾口都願意。

父親房間因為長期不開窗戶和窗簾，老是昏昏暗暗的。說是窗對窗的讓對面人家看到他這生病的老人不好意思。我偷偷的請裝修工人裝了一個可以上下拉開的風琴式窗簾，這樣他躺在床上，對面就不會看到他。趁愛林在床上幫老爺按摩的時候，我悄悄的把窗簾由上往下拉開一半。剛巧對面的窗戶和窗簾之間站著一對小男孩和小女孩。愛林站了起來，在老爺床上和他們遙遙相望，我靈機一動，趕快跑到客廳拿來一個會唱歌會扭屁股的聖誕老公公。捧著它從窗簾下面扭著唱著慢慢的冒出來，對面的小孩瞪著大眼睛動都不敢動，深怕一動一眨眼，這台戲就不見了，嘴裏叫嚷著：「奶奶！媽媽！快來看！」這邊窗裏的爺爺笑了，媽媽笑了，孫女笑了，全世界都笑了。剎那間原本陰陰暗暗的房間裏充滿著笑聲，充滿了生氣。

父親跟我說，他永遠都不會忘記的一個畫面就是，有一天早上他睡醒睜開眼睛，第一眼就看到愛林坐在他床前的椅子上，靜靜的對他笑，他很感動，也很感激愛林的不嫌他老和不怕他病，父親讓我告訴愛林：「老爺好高興，老爺覺得很幸福、很圓滿。」

在回程的飛機上，我跟愛林說：「謝謝你。」愛林和我一路唱著：「只要老爺你笑一笑，老爺老爺您好……。」

二〇〇八年十月十五日

愛林滿月和父親

家鄉

父親最後的願望是回山東老家青島走一趟，我安排了幾次，最終還是去不成。

去年欣聞有個山東文化旅遊團，我報了名參加，第一站就是青島。到了青島，我們下巴士走到海港邊。我扶著欄杆，迎著風。這是我家鄉的風啊！那風輕輕的吹拂著我的臉、我的髮、我的衣衫，彷彿父母化成了家鄉的風包裹著他們深愛的女兒。我閉著雙眼傾聽那風的話語，感受那風的撫慰。

青島發展得很快，市區裏的高樓大廈和百貨公司，就像其他大城市一樣。他們說的也都是標準國語，和我想像中大街小巷大人小孩都說著山東土話的情景完全兩樣。

走回巴士的路上，經過一家小雜貨店，門前一張矮木桌，幾位老人家圍坐在桌旁小凳上喝著茶閒聊著。這情景就像我小時候，鄰居叔叔伯伯們閒話家常的樣子。忽聞有個老人說了句很土的話，這正是小時候父親閒聊時常掛在嘴邊的口頭禪，我禁不住眼眶裏充滿了淚水。

在山東那幾天參觀了許多城市和名勝，但始終沒有看到我想像的山東，有點失望。到濟南的最後一個下午，我和幾位朋友到舊城去逛，有一條窄巷子裏，水泥牆上刻著毛筆寫的詩詞，因為歲月的洗禮，變得斑斑駁駁很有味道。巷裏一戶戶人家緊挨著，巷中有一家小院落，院子裏有一口古舊的抽水井，抽水井連著一條木棍，用兩隻手一上一下的壓，就可抽出水來（我小學三年級住在台北縣三重市的小巷子裏，進門的小院裏也有這麼一口抽水井），抽水井旁靠牆處是煤球爐，爐旁疊起一個個中間透著許多圓洞的圓形小煤球。在我剛有記憶時，家裏也用煤球和黑炭燒飯。

隔著紗窗的門往裏看，一百多尺的房間裏只有一張單人床，床上鋪著粉紅大花舊床單和枕頭套，床邊有兩張藤椅和一張木製書桌。屋裏有一位像是八十多歲的老太太和一個婦人正說著話，我們要求進去看看。老太太坐在床沿上，我握著她的手跟她說起山東話：「大娘！您好！我也是山東人，我從香港來，我是林青霞。」老大娘以為我騙她，直說：「林青霞她很老、很胖，你怎麼會是她？」經我一再的解釋，老太太柱著拐杖到書桌上找老花眼鏡，我把臉湊上去讓她看仔細，她像鑑定珠寶一樣，「矮又壘！枕滴使令晴下。」（怪怪，真的是林青霞。）老鄉見老鄉兩眼淚汪汪。想起小時候，每次外婆見到我，總是握著我的手，親切的望著我說同樣的話：「矮又壘！晴下壘勒。」（怪怪，青霞來了。）

乾坤福
天增歲月人壽

天色漸暗，告別老太太，回到酒店和團友們聚餐。突然想起，沒給老太太留下什麼，萬一她一興奮告訴左鄰右舍，說林青霞到過她家，人家不把她當做老年癡呆症的病人才怪！於是請祕書送去一張簽名照和買禮物的錢，沒想到她怎麼也不肯開門，說是她打電話給兒子，兒子說我們是騙子。好不容易才說服她開了門。等解釋清楚後，兩人推托了半天，最後照片是收下了，信封裏的錢卻怎麼都不肯拿。

這就是我們山東人的特質，純樸、直率，不貪小便宜。

二〇〇八年十月二十一日

我的小寶貝

我與言愛、嘉倩、愛林和Michael　楊凡攝影

認識嘉倩那年她只有六歲，我正在她家對面的一棟空房子拍《追男仔》，她偶爾會過來探班，總喜歡貼在我身前好奇的望望鏡子再望望我，張著小嘴出神的看我化妝。半年後我已經成了她的繼母，剛開始她以為我奪走了她父親對她的愛，很不是味道，我努力的讓她明白，她沒有失去父親，反而多了一份母親的愛。晚上她總喜歡我陪著她睡，在她睡不著的時候，我會用一隻手的食指和中指順著她的脊椎骨上下走，好讓她早入夢鄉。她八歲那年，我生了愛林，因為忙著照顧妹妹，難免疏忽了她。

後來她去北京唸中學，又到美國洛杉磯唸高中，等到她再回到香港唸大學，已經是個十九歲婷婷玉立的美少女了。一天晚上她睡不著，要我陪，我照樣用食指和中指幫她入睡，這才驚覺她的背已經不是一隻手可以應付得了了，我必須用兩個大姆指坐著按才夠力。

現在我是三個孩子的母親了，晚上還是喜歡按摩她們的背，讓她們安心入睡。我喜歡藉著撫摸她們的身體傳達我的愛意，感受她們的成長。

孩子們成長的真快，即使你每天觸摸她們，還是明顯的感覺到她們的背脊一天比一天長，一天比一天寬；她們的腳板一天比一天大，一天比一天厚。

有一晚，我左邊一個右邊一個的摟著愛林和言愛睡覺，愛林睡前總喜歡輕聲的哼著歌，我看著她的眉、望著她的眼，那濃密的眉毛，一根根順著長，跟我是一個模樣。她的眼神充滿著少女的幻想，我不覺入了神，腦子已飛到八年前養和醫院我的產房裏。那是言愛來到這個世界的第二天，十幾個朋友圍著她，讚嘆著小生命的降臨。五歲的愛林穿過他們靜靜的走到我床邊，撫摸著我戴著膠圈的手腕：「媽媽這是什麼？」「妹妹腳上也有一圈，這樣才不會把妹妹抱錯。」「我說的是這個，」她指了指我手腕上吊鹽水扎針的地方，眼淚在眼珠子裏打轉。我憐惜的握著她的手：「小寶貝，別擔心，不痛的。」想到這裏，我被身旁言愛滔滔不絕的話語給喚醒。言愛兩手在空中比劃著，聲音鏗鏘悅耳：「我看著天上的白雲！很像棉花糖！就一手一手的把雲抓進我的嘴巴裏！」她兩隻小手搗著小嘴。「我又抓！抓！抓！把天上的雲都抓進了我的糖果罐裏！天空變得一片藍藍的，沒有白雲，只有月亮和太陽，大家都不高興了。」她傷心的說：「我罐子裏的雲也越變越小。」忽然又提高嗓門：「我打開糖果罐把雲通通放出去！天空又有了白雲！大家都開心了！」

「你在說什麼啊？」
「我的夢。」
「誰不高興了？」
「農夫啊！」
「農夫為什麼不高興？」
「因為天不下雨了啊！」
「你怎麼記得那麼清楚？」
「因為我喜歡這個夢，所以我一遍一遍的想，所以我記得嘍。」
我正在想怎麼幫她解夢，她已經睡著了，也許又去做另一個夢了。我看著她那天真無邪的小臉蛋，心裏想著，有了這三個小寶貝，我還求什麼。

二〇〇九年七月七日

二十二歲時攝於巴黎

花樣年華二十二

二十二歲時攝於威尼斯

我那花樣年華的繼女芳齡二十二，別人單眼皮眼睛又細又小，她的單眼皮大而有神，我經常凝視著她，見她那有如黑色緞帶的長髮，從肩膀瀑布似的流瀉到腰際，總是忍不住的讚嘆：「嘉倩，你好美。」她有時會輕聲嘆息：「唉！我覺得我老了。」她這樣說我一點也不驚奇，我也是從二十二歲走過來的人，很能了解她的感受。想起這個年紀的我，有一次到同學家，同學的媽媽跟我現在的年齡差不多，也跟我說同樣的話：「年輕真好，都這麼美。」而我的回答竟然也跟嘉倩一樣：「唉！我覺得我老了。」同學的媽媽很訝異：「你都說老了，那我怎麼辦？」

二十多歲的我經常愁眉深鎖、眼神迷惘、多愁善感，不知道為什麼愁，也不知道有多少愁。朋友說我是為賦新詞強說愁。現在回看當年的照片，才發現少年時我的美，深深的慨嘆當時為什麼不懂得欣賞，反而讓最該歡樂的歲月荒廢在無謂的閒愁中。我跟嘉倩說：「你到我這個年齡，反而會覺得自己年輕，所以，為什麼不好好活在你真正年輕的時候。」

二十二歲生日是在義大利羅馬過的，我們在那兒拍攝白景瑞導演的《異鄉夢》，男主角是秦祥林。那時除了拍戲，其他時間都在逛街買歐洲時尚新裝，經常是滿載而歸。生日那天我和媽媽請《異鄉夢》所有演員和工作人員到導演孫家雯開設的中國餐館吃飯。大夥兒在外地拍戲非常辛苦，飯後我們再請大家到當地的夜總會跳舞輕鬆一下，在舞池裏瞥見當時是秦祥林太太的蕭芳芳熱力四射的舞著，舞姿曼妙，她清麗的短髮甩來甩去的在空中飛舞，掀起了大夥兒澎湃的情緒。

二十二歲唯一留下來的生日禮物是一條用碎鑽鑲了號碼二十二的K金鍊子，那是瓊瑤姊送的。她跟平鑫濤剛好在羅馬度假。清晰記得，她銀鈴似的笑聲直說：「這完全是巧合，我剛好有一條鑲著二十二的鑽石鍊子在身上。」

我過了一個快樂的二十二歲生日。

在人生的旅途上行走數十年，回想起來，有些歲月匆匆劃過，了無痕跡，二十二歲那年卻過得特別長，印象特別深，別人一天當一天用，我卻一天當三天用；別人一天工作八小時，我一天二十四小時還不夠，一年裏拍了《我是一片雲》、《奔向彩虹》、《異鄉夢》、《溫馨在我心》、《幽蘭在雨中》、《金玉良緣紅樓夢》。電影裏的角色，隨著不同的戲轉換著，從有如一片雲似的清純女孩到彩虹世界裏的模特兒，從在異鄉遊學的遊子到沒有煩惱的調皮女孩，從苦命女子到含著玉石出生的賈寶玉。彷彿過了好多個人生，自我價值感特別高。那是我一生中最燦爛的一年。即使如此，如果要我回到二十二歲重新再走一次，我可不願意。

十七歲時的我

我的二十二歲女兒嘉倩，在情路上兜兜轉轉受了一些苦。我跟她說：「親愛的，在情路上我也有過刻骨銘心的苦，今天看來，都成了如煙的往事，何須在意？你年輕，你愛過，這不是人生必經的過程嗎？」我看你是二十二歲，你看我的「心」也是二十二歲，只要保留一顆童心，你將永遠停留在二十二。

二〇一〇年八月十一日

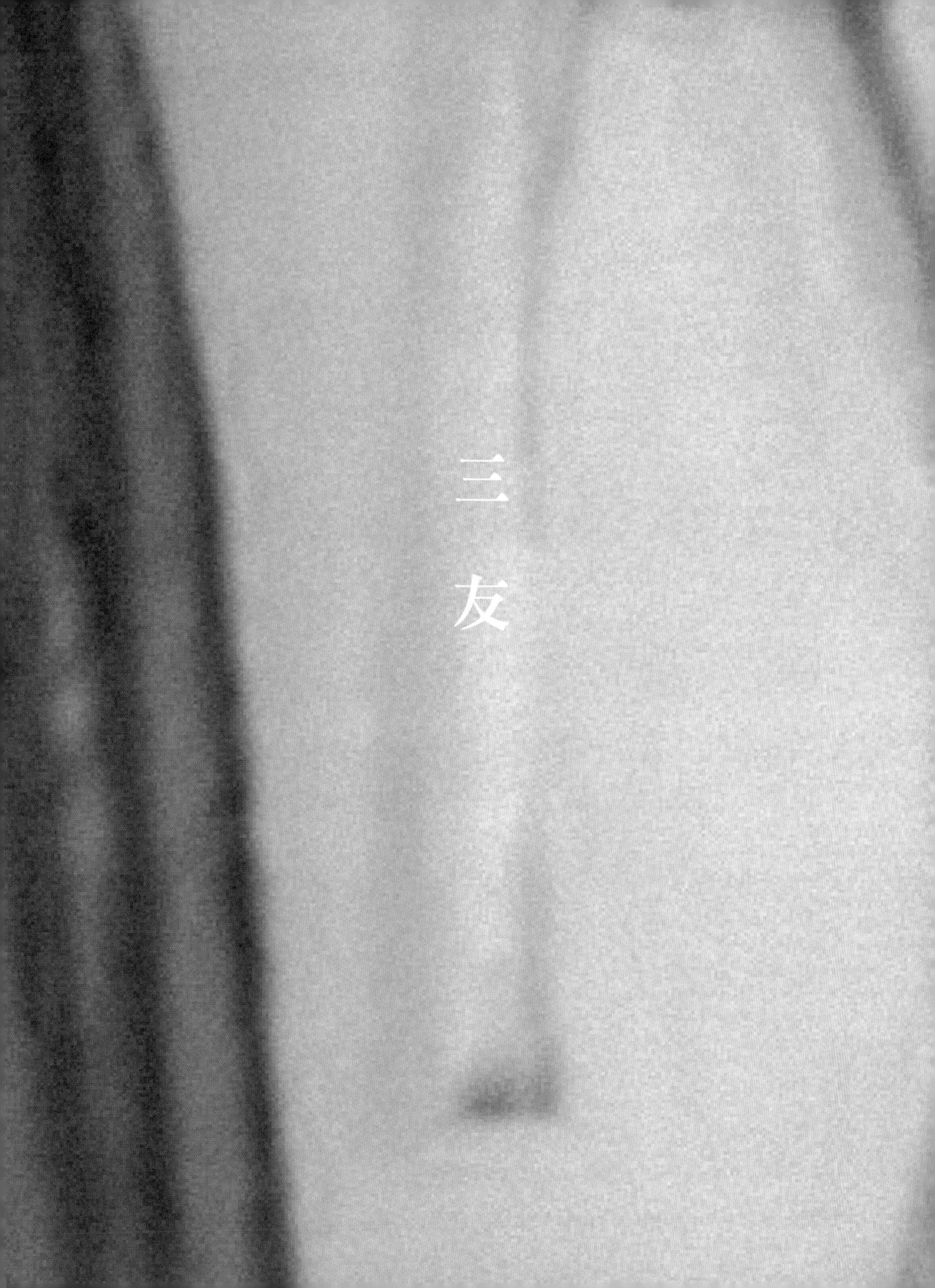

三友

滄海一聲笑

最後一次與黃霑通話是在二〇〇四年十月，他打電話來向我邀稿寫專欄，我非常的訝異，他怎麼會對一個從來沒有發表過文章的我有信心？他態度誠懇，我連說了幾聲「不敢」，他問我是不是怕寫得不好，我說不敢獻醜，他的聲音有點失望。沒有多久他就走了。我想為他做些什麼，於是寫了這篇文章追思他。

第一次與黃霑見面是在一九七三年，我的第一部電影《窗外》來香港宣傳的時候。在一個晚宴上，導演宋存壽特別介紹他給我認識，當時他的專欄《不文集》非常受歡迎，而他在專欄裏對我讚許有加，導演認為以他這樣一個有才華的猛人，能夠對新人如此的誇讚，是很難能可貴的。那是我生平第一次出國，來到香港這個花花世界。我怯生生的說我好像變得傻傻的，他聲音宏亮，豪放的笑著：「哈！哈！哈！這是正常的！」他那善解人意和豪邁的作風，讓我留下了深刻的印象。

第二次與黃霑見面是一九七七年，我來香港拍李翰祥導演的《紅樓夢》。我們在李導演家吃晚飯，他身邊坐的是林燕妮，那是我第一次跟她見面。直到現在還記得她的裝扮。她頭上包著花絲巾，打扮得很講究，腰桿筆直，笑容可掬。席間黃霑林美人、林美人的叫個不停，起初還以為他說的是我，後來才聽清楚他稱呼的美人是他身邊的女朋友林燕妮。在他心目中林燕妮是永遠的美人。

他言談出位、與眾不同得令我吃驚，但又不得不佩服他的創意和獨特的人生觀，他和李導演聊到他的喪禮將會怎麼做，他說他會播放事先錄好的影片，一開始先「哈！哈！哈！……」的大笑，然後叫大家不要哭哭啼啼的，要高高興興的歡送他。這番話直到許多年後的今天，還是記憶猶新。

他的人生可以說是畫上了完美的句點。在跑馬地大球場，圈內人為他舉辦的萬人追思會，露天的大銀幕上，剪接了他生前的片段。他一身棗紅緞子對襟短褂，聲音宏亮的說笑著，襯底音樂是他寫的歌詞「……千山我獨行，不必相送。」他走得如此瀟灑。

一九八四年來香港拍「新藝城電影公司」的戲以後，因為徐克和施南生的關係，和黃霑見面的機會比較多。有一次大家組團到澳門遊玩，團員有黃霑、林燕妮、徐克、施南生、南生的母親、狄龍、陶敏明、張樂樂。這個旅程因為有了黃霑，整團人都玩得很盡興。黃霑一到旅遊區頭上就頂著綠色的五星旗帽子，和小販閒話家常，我好奇的過去試戴，他馬上付錢給小販叫我把帽子戴走，還連聲跟小販說謝謝，雖然只是十幾二十塊的東西，他讓你感覺到他對一般小市民的友善和他的豪邁作風。

有一晚大班人馬到他和林燕妮家做客，他家好大，客廳那套大沙發又白又亮，朋友們都靠著沙發坐在地氈上談天說地、吃點心、喝酒、又彈又唱，直到深夜。

一天夜裏，徐克打電話給我，我正好沒睡，他提議去黃霑家聊天。到了那兒才發現他搬到一個只有幾百尺的小公寓，客廳裏只容得下一套黑色矮沙發。他和他的「林美人」分手了，搬出了大屋。我很為他難過，問他覺不覺得委屈，他還是那一貫的豪邁笑聲：「哈！哈！哈！怎麼會？我一點也沒有委屈的感覺！」

他有頑皮的時候。一九九〇年我得了金馬獎影后，那年金馬獎節目主持人是黃霑，南生請我們去「麗晶酒店」吃飯慶祝，桌布上灑滿了大小星星，各種顏色的小亮片，燈光昏黃，煞有氣氛。黃霑跟我要筆，我說只有眉筆，他拿了去，正覺得奇怪，他已經拿著眉筆在桌上亂塗鴉，本以為他詩興大發會有什麼佳作，沒想到他把那大白桌布塗得亂七八糟。我楞在那兒還反應不過來，他已拿起打火機準備燒桌布，大家手忙腳亂的不知如何是好。只見徐克摟著他的肩膀，什麼話也沒說，眼神裏流露出對他的了解和包容。

他也有紳士風度的時候。我有兩次和他單獨相處的機會。起初很緊張，怕他會像平常一樣，話語之間夾雜著粗口。他沒有，那天在「新藝城電影公司」工作完畢，沒有人陪我吃飯，他自動請纓陪我到公司附近吃火鍋。席間聊到我一個人在香港工

黃霑和我

黃霑、賴聲川和我在錄音室

作的孤單、寂寞和壓力，他很認真的聽我傾訴，一臉狐惑的問：「大美人怎麼會寂寞呢？」他看起來一副正經乖男人模樣。我笑了：「本來很怕你會講粗口，沒想到……」他馬上收起笑臉：「在女士面前我不會的，你放心。」那晚我們聊得很開心。

記不清是九〇或九一年的聖誕夜。徐克、南生請大夥兒到麗晶酒店一起歡度。他被指派做我的護花使者，因為只有我們兩位住香港。由於交通管制的關係他選擇坐渡輪。我們下了九龍碼頭，那裏人山人海的，他怕被衝散，拉著我的手往前擠。當時的感覺真像《滾滾紅塵》最後那場逃難的畫面。

在他走以前，大家各忙各的，許多年沒有見面，有一次看完他的煇黃演唱會，大夥很想再聚一聚，於是就約了他一起吃飯。多年不見，他變得斯文了，穿著打扮也低調、舒服，他說他妻子陳惠敏對他很好，生活上很照顧他，服裝都是妻子一手包辦，我還說他保養得很好很健康呢。

後來聽徐克說，他病了，得了癌症，黃霑沒有透露過他的病情，他不希望人家知道。有一次在南生的生日會上，他坐在我旁邊，說到好笑處，還是那麼豪放的笑著，但是這次不一樣，他咳得很厲害，徐克馬上站起來陪他到外面去透氣，我跟在旁邊忙叫徐克拍他的背，他連說沒事。

黃霑的一生是精彩的，他忠於自己，盡情的做他想做的事，說他想說的話，他用他的歌聲和話語，將他豁達的人生觀傳達給他的朋友，傳達給香港市民。香港少了他好像少了些什麼，又好像什麼也沒少，因為他已深植於大家的心中，想起他就彷彿聽到他豪放的笑聲「哈！哈！哈！」

二〇〇四年十二月五日

鄧麗君和我攝於坎城海邊　沈雲攝影

演回自己

演過一百部戲，一百個角色，最難演的角色卻是自己，因為劇本得自己寫，要寫個好劇本談何容易。

在我演藝事業最忙的時候，同時軋六部戲演著六個不同的角色，我忘了演自己。有一天，站在鏡子前面，看到的竟然是一張陌生的臉。「我是誰？」我問自己「我喜歡什麼？」「我不喜歡什麼？」「我為什麼不快樂？」——我答不出來，這才發現，不知道從何時開始我失去了自己。

鄧麗君和我攝於巴黎　沈雲攝影

永遠記得那兩個快樂的下午。

那年我三十，在一個晴朗的午後，我和女朋友還沒換下睡衣，懶洋洋地斜躺在她紐約的小公寓裏，我正拿著眉筆教她畫眉時，忽然聽到窗外傳來喧鬧的鑼鼓聲，來不及換衣服就把睡衣往裙裏塞再加件風衣就往外跑。我們夾在人群裏湊熱鬧，在遊行的隊伍遠離後，我和朋友散步到中央公園，倚在長長的木椅上，我瞇起雙眼享受微風掠過我的臉龐、吹拂我的髮絲、掀起我裙角的感覺，眼前走過幾個中國人，正要坐直身子，卻發現人家並沒有留意木椅上那隨意懶散不化妝的林青霞，剎那間我享受到那種沒有人注目你的自在感。原來快樂可以那麼簡單，不需華服不靠珠寶。

九〇年夏天，我和鄧麗君相約到法國南部度假，我們在坎城海邊沙灘上享受溫暖的日光浴。許多法國女人脫了比基尼上衣，坦然迎接陽光的照射，周圍沒有人大驚小怪，也沒有換來異樣的眼光。那裏更沒有人知道誰是林青霞，誰是鄧麗君。

我放下了戒備，退去了武裝，也和法國女人一樣脫掉上衣戴著太陽眼鏡躺在沙灘椅上迎接大自然，鄧麗君圍著我團團轉，口中喃喃自語，「我絕對不會！我絕對不會這樣做！我絕對……。」一聲音從堅決肯定的口吻，慢慢變得越來越柔軟。沒多久，我食指勾著棗紅色的比基尼上衣和她一起衝入大海中。她終於堅持不住的解放了。

我們在大自然的懷抱裏笑傲，在蔚藍的海天間，坦然的面對人群。剎那間，我想起了紐約那個快樂的下午，我的靈魂從無形的枷鎖裏解放了！當時我想，她一定跟我有著相同的感覺。

我和鄧麗君不常見面，但是我們心靈的某個角落卻是相通的，從十幾歲開始我們就在閃光燈和眾人的目光下成長，各自堅守著自己的崗位，盡心盡力的扮演著分配給我們的角色，能夠做回自己的時刻卻少之又少。

那個法國南部陽光海灘的下午，對我們來說是特別的珍貴。那個時候，我就是我，她就是她，我們都演回了自己。

二〇〇八年十月十一日

《滾滾紅塵》拍攝現場

三夢三毛

看了五月份第五〇九期的《明報月刊》，倪匡的文章，〈數風流人物——長溝流月去無聲〉。文內提及他與三毛、古龍三人對死亡存有不可解之處，卻又認為人死後必有靈魂，於是定下了「生死之約」。「三人之中，誰先離世，其魂，需盡一切努力，與人接觸溝通，以解幽明之謎。」結果古龍走得瀟灑，忘了生前的約定，沒多久三毛也謝世了，同樣的讓倪匡失望，連夢也不施捨一個。

三毛豈止跟古龍、倪大哥有約定，她和我跟嚴浩三人也有過「生死之約」。

應該是一九八八年秋天的事。嚴浩約我和三毛吃晚飯，那晚三毛喝了很多。飯後我們又到一家有老祖母古董床的地方喝茶。我們三人盤著腿坐在古董床上聊天，三毛一邊在她的大筆記本上塗鴉，一邊和我們聊，我覺得有點怪，但也沒當回事。嚴浩問道：「你在寫什麼？」她笑笑：「我在跟荷西說話。」（荷西是她的西班牙丈夫，聽說在一次潛水中喪生），她一邊畫一邊笑，還告訴我們荷西說了些什麼。她談到曾經請靈媒帶她到陰間去走一趟的情形。於是我們三個人開始研究，「死」是什麼感覺，最後大家約定，如果我們三個人之中有一個人先離世，就得告訴另外兩個人「死」的感覺。

那天晚上回到家，大約十二點左右，嚴浩打電話給我，說三毛在樓梯上摔了一跤，斷了肋骨，肺也穿破了，正在醫院裏。

嚴浩那天約我們見面，是想請三毛為我寫一個劇本，由他來執導。三毛這一跌，我想劇本也就泡湯了。沒想到嚴浩說：「這反倒好，她可以趁著在家療傷的時間寫劇本。」

三毛出院後回到台北寧安街四樓的小公寓，因為小公寓沒有電梯，她有傷不能下樓，每天需由家人送飯上去。

我本想去探望她，同時看看劇本，三毛堅持要等到劇本完稿後，才請我上她家。電話終於來了，我提著兩盒鳳梨酥上樓，她很體貼的把鳳梨酥放在左手邊的小茶几上，還說她最喜歡吃鳳梨酥。我順著茶几坐下，瀏覽著對面書架上放得整整齊齊的書，她注意到我在看那排列整齊的書，她說有時候她會故意把書打亂，這樣看起來才有味道。

當我坐定後，她把劇本一頁一頁的讀給我聽，彷彿她已化身為劇中人。到了需要音樂的時候，她會播放那個年代的曲子，然後跟著音樂起舞。相信不會有人有我這樣讀劇本的經驗。因為她嘔心瀝血的寫作和全情的投入，而產生了《滾滾紅塵》，也因為《滾滾紅塵》，我得到一九九〇年第二十七屆金馬獎最佳女主角獎項。這個獎，是我二十二年演藝生涯中唯一的一座金馬獎。

沒有三毛，我不會得到這座獎，是她成就了我。當我在台上領獎時，真想請她上台跟我一起分享這個榮譽，可是我沒有這麼做。這個遺憾一直到了二十年後的今天，還存在我的心裏。

我們曾經約好，她帶我一起流浪，一起旅行的，但最後她卻步了，理由是我太敏感，很容易讀出她的心事。

通常我與人第一次見面，都會記得對方的穿著打扮，但是那天三毛穿了什麼我卻完全記不得，只記得她是一個敏感而心思細膩的人，她專注的聽我傾吐，也談論人世間的悲歡離合，愛恨情仇。她的聲音像少女般的稚嫩，聽她講話、聽她的故事讓我入迷，她是個多情而浪漫的女人，我完全被她的氣韻所吸引住了。

雖然我們見面不超過十次，但是在電話裏總有聊不完的話，在她臨走的前幾天，我老覺得要跟她通個電話。就在她走的那個晚上，我打電話到她家，電話鈴響了很久很久都沒人接。第二天早上，因為有事打電話到榮民總醫院找朋友，竟駭然聽到，三毛在病房的洗手間裏，用絲襪結束了她浪漫的一生。

她走後沒多久，我在半夜三點鐘接到一通電話，對方清脆的叫了聲「青霞」！然後聲音漸漸由強轉弱的說著：「我頭好痛，我頭好痛，我頭好……」我心裏納悶，這到底是誰在惡作劇？三更半夜的。一直到現在都沒有人承認是誰打的電話。那聲音很像三毛。後來我跟黃霑提起這件事，黃霑說：「那你就燒幾顆『必理痛』給她好了。」

又有一次，我在夢裏，見到窗前，一張張信箋和稿紙往下落，我感覺是她，心想，她大概不想嚇我，而用間接的方式將信息傳達給我，膽小的我不敢接收，嘴裏重覆的唸著「唵嘛呢叭咪吽」把這個夢給結束了。後來很後悔，為什麼不先看看信和稿紙裏寫些什麼。

一九九一年六月，我在法國巴黎和朋友沈雲相約到埃及旅遊，當時鄧麗君也在巴黎，我們約她一塊兒去，她說那兒陰氣重，勸我們別去。記得到開羅的第一個晚上，我打電話給她，請她再考慮過來，她還是勸我們折返。就在那個晚上，我和沈雲分睡一張單人床，床的右側有一張藤椅。我在夢中很清楚的看見藤椅上坐著三毛，她中分的直長髮，一身大紅飄逸的連身長裙，端莊的坐在那兒望著我，彷彿有點生我的氣。我一看見她，先是很高興她沒死，後來一想，不對！馬上唸「唵嘛呢叭咪吽」，我就醒過來了。三毛是不是在信守她的承諾？傳達訊息給我，而我卻一再的不敢面對。

我一直把這個疑團放在心裏。又過了幾年，在一個聚會裏我遇見嚴浩，問他三毛是不是要告訴我什麼？信奉道教的嚴浩，瞪著一雙又圓又大的眼睛，輕鬆而果斷的說：「這完全沒有關係！」

從此我就再也沒有夢見三毛了。

三毛走後，一直想寫一篇追思她的文章。又不知從何下筆，這次看到倪匡的文章，心有所感，才把我跟她的交往片斷記錄下來。

二〇〇八年五月一日

寵愛張國榮

拍戲的幕後工作人員稱呼我「姐姐」，稱呼張國榮「哥哥」，我猜想他們也許認為我們兩個是特別需要被寵愛的。

一九九三年我們一起拍《東邪西毒》和《射雕英雄傳之東成西就》，那個時候我們倆都住在灣仔的會景閣公寓，總是一起搭公司的小巴去片場。有一次，在車程中他問我過得好不好，我沒說上兩句就大顆大顆的淚珠往下滾，沉默了幾秒，他摟著我的肩膀說：「我會對你好的。」從那一刻起，我們就成了朋友。

二〇〇三年三月的一個晚上，我吃完晚飯約施南生看電影，她說她剛好約了張國榮看電影，她要先問問「哥哥」再打電話給我，我心裏納悶，幹嘛要先問他，就買多一張票一起去看好了。

在又一城商場戲院門口的樓梯上方，他靠在牆邊對我微笑，那笑容像天使，我脫口而出：「你好靚啊！」他靦腆的說剛剪了頭髮。

張國榮和我攝於《東成西就》現場

我們看的是《紐約風雲》，這部戲太殘忍、太暴力了，我看得很不舒服，散場走出戲院，他摟著我的肩膀問我好看嗎？我搖搖頭，就在他的手臂搭在我肩膀的時候，我被他震抖的手嚇得不敢作聲。他很有禮貌的幫我開車門，送我上車，我跌坐在後車座，對他那異於往常的紳士風度感到疑惑的同時，他已經關上了車門。我望向車窗外，晚風中他和唐先生走在前面，後面南生那件黑色長大衣給風吹得敞開著，看起來彷彿是他們兩人的守護神。總覺得不對勁，回到家打電話給南生，問她Leslie（張國榮的英文名字）怎麼了，她說：「問題很大。」我了解狀況之後，斷定他得的是憂鬱症。南生說他的許多好朋友試了各種方法，看了許多名醫都沒用。我聽說大陸有一位醫生不管你生什麼病，只要用他的針刀一扎就好，希望能說服他去試一試。那段時間正是非典沙士傳染最盛的時候，就把這事給擱置了。沒想到從此以後，除了在夢中，就再也見不到他了。

四月一日晚飯後南生告訴我 Leslie 出事的噩耗，我捶胸頓足：「為什麼不幫他安排！為什麼不幫他安排！」其實也不知道那位醫生對他會不會有幫助，但還是一再的責怪自己。

Leslie 走後，幾乎每一位朋友都為自己對他的疏忽而懊惱。他是被大家寵愛的，他也寵愛大家。

歲月太匆匆，轉眼之間他走了六年了，今日提筆寫他，腦子裏泛起的盡是他那天使般的笑容。

二〇〇九年三月三十一日

《新蜀山劍俠》造型
鳴謝：星空傳媒集團

創造美女的人

已經是第七天了，他的手還在我的頭上、身上，動動這又動動那的，他的身影就在我的眼前晃過來又晃過去。我面無表情的坐在那零亂的二樓小房間裏。從來不抽煙的我，無聊的從桌上拿起他的煙盒，抽出一支煙燃上，學著人家吞雲吐霧，俏皮的對他說：「你知道嗎？我只有在最高興和最悲傷的時候，才會試著抽煙。」他的手沒有停下來，輕聲問道：「那你現在是開心還是不開心？」我說：「開心！」他的國語說得好多了。

認識他那年我二十六，獨自一人住在洛杉磯，跟他通電話時還沒見過他的人。因為他國語不好，我廣東話不靈，於是我們在短短十分鐘內，用了國語、英語和廣東話三種語言，才把話說清楚。

他的手停了下來，帶著滿意的笑容。我的髮型有一尺高，身上穿掛著七彩飄逸的敦煌美女裝，擺出敦煌美女的姿勢，「咔嚓」一聲，拍立得照片出來了。我鬆了一口氣，經過了七天不停的試身，改了又改，電影《新蜀山劍俠》瑤池仙堡堡主的造型終於定了下來。

後來因為這堡主的造型，電影公司的宣傳語句從「純情玉女」轉為「中國第一美女」。從此就因為這「美女」的稱號，壓得我喘不過氣來。

《新蜀山劍俠》造型

《新蜀山劍俠》拍於一九八二年，是我跟他合作的第二部戲，第一部是《愛殺》。《愛殺》於一九八〇年在洛杉磯拍攝，在這之前的八年裏，我所拍過的文藝片，無論是髮型、服裝和化妝都是由我自己一手包辦，所有的戲幾乎是一個造型。《愛殺》是我拍戲以來第一次有美術指導。

他重新改造我，第一件事是把我一頭長髮剪到齊肩，看起來很清爽，還能接受。第二件事，把我的嘴唇塗得又大又紅，我一照鏡子，嚇了一跳，這明明是血盆大口嘛！第三件事，要我不穿胸罩上鏡頭，這點我是完全不能接受，他堅持，我也堅持，最後他拗不過我，用拍立得照相機，拍了兩張戴之前和戴之後的照片給我看，要我自己挑。我穿的是大紅絲質洋裝，那料子輕輕的搭在身上，戴上胸圍，看起來是比較生硬。不戴胸罩那張，很有女性柔美和神祕之感。教我不得不折服於他的審美觀。

而《我愛夜來香》（一九八三）是三十年代的戲，開拍第一天，才在片場試裝。先定了化妝，再定髮型。我的頭髮要用髮膠，把頭髮固定成波浪形，緊貼著頭皮，再將銀色釘珠葉子一片一片貼在頭髮上，最後穿上黑色蕾絲透明背心長裙，外加黑羽毛披肩。就這樣從下午四點直到凌晨四點，整整花了十二個小時，我兩個大黑眼圈都冒了出來，化妝師又得忙著用遮瑕膏遮住黑眼圈，等到我累得半死才開始拍第一個鏡頭。愛美的我，看到鏡子裏的自己，雖然累，心裏還是歡喜的。

《新蜀山劍俠》試戲服　　鳴謝：星空傳媒集團

第二天拍戲前又花了六個小時造型。

第三天，化完妝，換上粉紅睡衣，外罩滾著粉紅羽毛的粉紅透明飄逸長袍，頭上用粉紅緞子緊緊的打了個大結，紮得我頭昏眼花，四個小時後，他滿意的點點頭，我卻無力的伏在桌子上，半天不起來。副導演請我入片場，我抬起頭來，一臉的淚水。當我站在攝影機前，攝影師說我的眼睛又紅又腫。導演只好喊收工。

《夢中人》（一九八六）有一部份是秦朝的戲，我的妝是白白的臉，粗粗的眉，淡淡的脣，不畫眼線，不刷睫毛膏。我簡直不敢想像，要我眼睛不化妝上鏡頭，這不等於是沒穿衣服嗎？於是我準備個小化妝包，心想等到他看不見的時候我就偷偷的畫上眼線，怎曉得他一路跟著我，使我沒機會下手。等到站在鏡頭前，我拿出小包，求求他讓我畫一點點眼線，他也求求我叫我不要畫。我只好依了他，演戲的時候眼睛拼命躲鏡頭。

看了試片之後我才明白，為什麼他這麼堅持。原來美並不只在一雙眼睛，而是需要整體的配合。他所做的造型是有歷史考據的，花的時間相對的也比較長，他的堅持是有必要的。

自此以後，我對他是言聽計從，他說一我不敢說二，更不敢擅自更改他的作品。

繼《笑傲江湖之東方不敗》（一九九二）之後的兩年裏，我連續拍了十部武俠刀劍片。也難為他了，在短短兩年之內，要造出數十個有型又不重覆的造型。

如果說我是個美麗的女子，不如說我的美麗是他的作品。

「他」就是我的好朋友——張叔平。

二〇〇八年六月九日

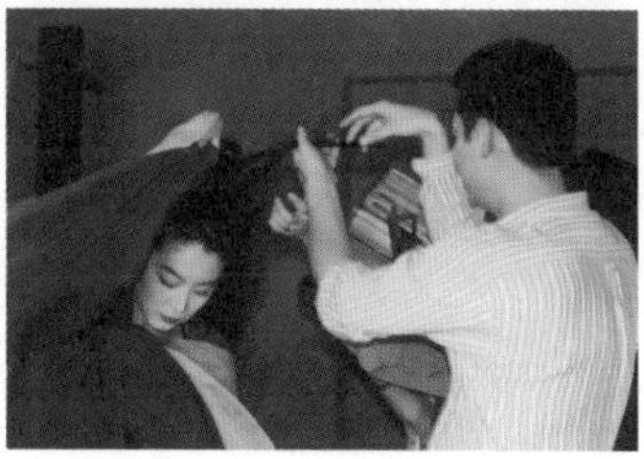

楊惠珊和我于上海

什麼樣的女子

她牽著我的手，很實在，很有力，彷彿有股能量經過我的手掌、手臂直到我的心。這是我從來沒有的感覺，我一直在尋找原因，是她慈悲？是她有愛心？是她……？最後，我終於找到了答案。

她，是個什麼樣的女子？第一次見到她，她很靜，不太說話，坐在她姊姊旁邊。我對她很好奇，不停地偷瞄她，有時候問她一兩個問題，也是一句起兩句止。那時候她已經很有名氣，我們的戲路截然不同，所以在影圈十年都沒有碰過頭。我七九年赴美，在美國待了一年多，回台灣轉了戲路，才有機會跟她合作，那時候她演的戲多數是社會寫實片，角色也多數是黑社會老大的女人，我們合作的第一部戲是《慧眼識英雄》，那是部警匪片。有一個鏡頭拍她的背影，她依附著一個男人，從碼頭的甲板走向等著他們的小船。我在攝影機後面欣賞她演戲，她穿著黑色長褲，藏青色風衣，頸上圍著圍巾，海風把她的衣角和圍巾輕輕吹起，我見到的畫面是一個飄零的痴情女子緊緊的跟隨著她愛的男人。我嚇到了！她演得太好了！連背影都演得這麼好。那時候我知道我碰到了對手。

第二部跟她合作的是詼諧喜劇片《紅粉兵團》，戲裏有七個女孩子，個個造形奇形怪狀，我的造形是頭頂大毛帽，頸繫紅領巾，腰纏一排子彈，足登過膝大馬靴，一身勁裝，一隻眼睛戴著黑眼罩的獨眼龍。她戴著一頭刺蝟狀的金色假髮，假髮幾乎遮住她的眼睛，有點怪異，即使如此，她的戲還是七個人當中演得最為入神的。

第三部是《七隻狐狸》，有一場戲是我們七個勇猛的女子，一個個拿著槍站在牆頭上。在等開機前，幾個女孩子嘰嘰喳喳大聲說笑，只有她默默望著前方的導演和攝影機。我站在她左邊，彭雪芬站在她右邊，我左邊站的是葉蒨文，我們三人嘻嘻哈哈說個不停，忽然一聲槍響，葉蒨文的長槍走火，「碰！」的一聲打在她的心臟位置，我跟雪芬傻了，只見葉蒨文兩手顫抖，驚恐的叫著：「惠姍！惠姍！對不起！對不起！」惠姍只轉頭望了望葉蒨文，低頭看看打在她胸前那個小泥團，淡然說：「沒事，沒事。」我們已經嚇得說不出話來，葉蒨文傻傻的說：「我還以為她會死。」這驚恐後的鬆懈，笑得我們眼淚直流。笑歸笑，我對她的敬佩之心從此開始。

今年九月到上海，張毅和楊惠姍帶我參觀他們二人打造的琉璃中國博物館和琉璃工房廠房。博物館外牆牆角上，鐵絲網做成的碩大牡丹花隨風搖曳，張毅驕傲的介紹說這是惠姍做的，惠姍微笑著仰望自己的作品。我望著那外形柔軟質材堅硬的牡丹花，再望望惠姍，我看不到電影裏那個飄零女子的影子，我望到的是信心滿滿、外柔內剛的藝術家，正如那爬在高樓上的鐵牡丹。「惠姍！你真棒！」我由衷的說。

我跟惠姍進入吹製工作室，那裏鬧哄哄的，室內溫度高達攝氏四十五度，因為正中有個大溶解爐，還有幾枝噴著熊熊火焰的管子，只見幾個大漢頭上包著毛巾，大

左起：葉倩文、彭雪芬、劉德凱、我和楊惠珊

滴大滴的汗珠子往下墜。惠姍見我興緻很高，說要示範給我看。不一會兒她已經加了件藏青色綿製短外套，說是裏面那件衣服容易著火。她從工作人員手上接過剛從溶解爐裏拿出棍頭連著滾燙琉璃的大棒子，一面下達口令，聲音洪亮俐落，幾個大漢迅速的跟隨她的指令配合著。那一千四百度溶爐的爐門打開，一股強烈的熱氣往外衝，她撩起大長棍，就往爐裏伸，馬步十分穩健，又彷彿孔武有力，就像是置身沙場指揮若定的女將軍，他們分秒必爭不容有失，看得我心驚膽顫。工作人員透過那枝大長棍把琉璃吹製成花瓶。惠姍搬了張椅子坐下：「青霞，我鍍金給你看。」話音一落那琉璃火球已伸到了她面前，她淡定自如的拿著一張張金箔紙片，纖纖玉手往花瓶上一揮，空中即刻燃起一團輕火，那金箔就貼在幾百度滾燙的花瓶上，看得我目眩神迷。

在琉璃博物館，我最欣賞的作品是樹脂做成將近五米高的彩色千手千眼觀音，觀音法相莊嚴而體態輕盈，這是慈悲觀音，有四個面相，四十二隻手臂，每一隻手都有一隻眼，代表他眼看眾生需求，四面無所不在。我面對觀音，說不出話來，事實上說什麼也是多餘的，我完全可以感受得到惠姍離開影圈二十多年是如何一步一腳印的走到現在。她要花多少個晝夜，用多大的慈悲、耐心和毅力，才能呈現出眼前這座觀音的完美化身。

我仰望惠姍，她長高了，不，她變高了，她彷彿變得跟觀音一樣高，這時候我明白了為什麼她牽著我的手，有股直透我心的能量。

我和惠姍靜靜的燃上了香，對著觀音三鞠躬。

二〇一〇年十二月六日

龍應台和我　鍾存柔攝影

蚌殼精和書生

車子緩緩的駛上山，這裏不像香港的夜晚，很靜，周圍不見一個人，也沒有其他車子往返。

我和小祕書下了車，山上的樹葉被風吹得刷刷作響，萬分寂寥。我們轉進香港大學柏立基學院，學院是中國庭園式迴廊建築，樓梯轉角的燈泡好像壞了，忽明忽暗，我身上那件開思米針織雪白大袍子給吹得飛了起來，心裏有點毛毛的，往回看，小祕書穿着一身綠，兩手拎着一袋袋東西，正低着頭往上爬，那是家裏剛煮好的飯菜，熱騰騰的，還冒着氣。我心中暗笑，這情景好像白蛇和青蛇給書生許仙送飯似的。

「咚！咚！咚！」門打開了，昏黃的燈光下，書生顯然已經心力交瘁，見到我即刻露出燦爛的笑容，透着滿室的書香，高興的給了我一個滿懷的擁抱。

我環顧書房，室中央放着一個大畫架，架板上架着厚厚的一疊像麻將紙般大小的紙張，紙上寫滿了密密麻麻的字和線條，朦朧看見是「俘虜營」、「解放軍」、「長春」、「滿洲國」、「留越國軍」等等字眼。左邊長桌上放滿了書。我走向窗前，窗外一片漆黑，一座座山深得見不着影，卻偶然看見被月光照亮的濃葉在風中起舞，我衝口而出：「這裏好聊齋噢！」書生忙搖手認真的說：「你不要嚇我！這裏只有我一個人。」

我們把牆邊的小圓桌拉開，飯菜擺上，我陪着她吃，碗筷不夠，她請小祕書到樓下已打烊的餐廳去借。

她碗筷都拿不穩。我想她大概是餓了，又可能是寫作體力透支，我趕緊幫她夾菜，她這才定下來吃飯。剛緩過氣來，她說：「青霞，講一個故事給你聽。」

「話說古時候有一位書生到海邊散步，見到沙灘上有個活的蚌殼，快被太陽曬乾了，便順手拾起往海裏丟去。過了幾天，書生發現每天晚上家裏都有豐富的飯菜擺着，覺得奇怪。有一天晚上，門外有輕輕的敲門聲，書生打開門見到一名美女，美女說她就是那天書生丟入海裏的蚌殼。」

「哈！哈！哈！……」書房裏充滿着兩人清脆的笑聲。

古時候的書生十年寒窗苦讀，為的是想高中狀元。我這位二十一世紀書生朋友，為了著作一本具有時代歷史意義的書，上山、下海，中、港、台三地奔波，還要跟時間競賽，採訪生在上世紀初、身歷中日交戰、國共內戰而倖存無幾的歷史見證人。

在寫作方面她是翹楚，在生活方面卻是白痴。寫起文章沒日沒夜，衣、食、住卻全不花心思。她認為作家不可以太享受，所以沒請傭人。你絕對想像不到一個經常要查書看資料寫作的作家，家裏燈泡竟然舊得昏黃而不夠光度。有一陣子教授宿舍裏發現有臭蟲，書生大驚失色，我請小祕書派除蟲專家去殺蟲，書生安心了，又很

「學術」的說，「這是全球化的結果，美國德國的臭蟲都在以幾何倍數增加呢。」還好書生巧遇蚌殼精，燈泡不敢不亮，臭蟲也沒法久留。

有一天陪書生買上台演講的衣服，我走在她身後，見她穿着幾年前我送給她的那條米白七分褲，很是開心，忽然發現褲腿後面交織綁着的繩帶，右褲腿綁得好好的，左褲腿兩排空空的小洞眼，繩帶不見了。也沒好意思提醒她，心想她自己會發現。沒想到第二天出來吃飯，她又穿了那條褲子（後來在雜誌上見她接受訪問時也穿同樣的褲子。可能那時候已經是一邊有繩帶一邊沒有）。我實在忍不住，輕聲提醒她，她這才詫異的說她完全沒有注意到。我說：「你是我見過最不愛漂亮的女孩。」她趴在我肩膀上笑個不停。

古時候那位書生十年寒窗苦讀也未必中舉，眼前這位現代書生夏天開工，春天動筆，秋天上市，洛陽紙貴。書名《大江大海一九四九》。

二〇一〇年四月十八日

林燕妮與我　《明報周刊》提供

她

「她」由穿著一身黑西裝的侍者引領到我在角落的小圓桌。由於她經常遲到，我總能見到她的姍姍出場。最經典的一次是在二十二年前，那是我和朋友永遠忘不了的共同記憶。那天是她的生日，所有影劇界和出版界的紅人都到齊了。我們那桌就有施南生、徐克、陶敏明、狄龍和葉蒨文。我們等了很久很久，所有的寒暄話都講完了，所有的笑話也說盡了，最後連表情都似乎撐不起了，突然桌子上了一盤雞肉，整桌人眼前一亮。施南生慢條斯理的說，這是為葉蒨文點的。餓壞了的陶敏明向來快人快語，嚷道為什麼她就有得吃。原來從小在外國長大的葉蒨文只喜歡吃雞胸肉和叉燒，福臨門的拿手好菜鮑魚、魚翅、燕窩都不合她的胃口。過了一會兒，黃霑起身鼓掌。她終於來了，記得當時我張大了嘴巴，彷彿見到皇后出巡一般。她穿著一件粉紅過膝長到小腿的貂皮大衣，下巴微微揚起，臉上掛著高貴的笑容。我們就像是她的子民，餓著肚子，仰望那件粉嫩的大皮草。那天應該是有點冷，記得我穿的是深咖啡色大墊肩黑毛領的呢裙子。

我們相識了數十年，見面的次數卻不多，這兩年都經歷了喪失親人的痛苦，經常互發短訊安慰對方。

前兩天我們又互通短訊相約在銅鑼灣的 Cova 見面，雖然估計她有可能會遲到，但我還是準時候駕。她果然來遲了，見我一個人坐在角落裏，很不好意思的就胡亂的坐了下來。她談到她兩個弟弟的離去，幾乎又陷入了憂傷的深淵。我不想她再往下陷，催她點吃的，原來她在胡亂中已經跟侍者點了和我一樣的食物。我吃的是自助沙拉，她這才好整以暇的起身走去自助餐檯。我望着她的背影，腰桿還是那麼筆直，大波浪捲髮，腰上繫的是流行的金色寬腰帶，腳上踩的是綠色三吋高跟鞋，身上穿的是咖啡色綿質洋裝，很有她的個人風格，她的出現總能讓我留下深刻的印象。她說她開始在《明報》寫專欄，我乘機向她討教，因為《明報》正在約我寫稿。她形容寫作就像演戲一樣，只不過文章是用腦子演戲。她說寫文章最重要是開頭和結尾，開頭要吸引讀者讀下去，結尾應該是整篇文章的總結，中間隨便寫寫，只要不離譜就行了。

忽然我的電話響了，是楊凡，我告訴他今天午飯的卡司是茱莉亞羅勃茲。她曾經形容自己是糊裏糊塗的大頭蝦，就好比茱莉亞羅勃茲，從此我和楊凡就叫她茱莉亞。

「她」就是香港才女林燕妮。

燕妮，不好意思，我現買現賣，先拿你開刀，請不要介意，說不定有一天我們還要替同一家報館打工呢！

二〇〇七年九月六日

攝於林燕妮生日宴：左起周潤發太太、葉蒨文、施南生、
張培薇、林燕妮、陶敏明、我、吳宇森太太

OUTSIDE THE WINDOW
窗外
原著
瓊瑤
林青霞
胡奇
秦漢
領銜主演
謝玲玲
客串主演
聯合主演
導演
宋存壽

瓊瑤與我

瓊瑤姊和我的命運，都是因為同一本書而改變了自己的一生，而這本書令我們在很年輕的時候就成了名。

十七歲那年，高中畢業，走出校門，脫下校服，燙了頭髮，走在台北西門町街頭，讓星探發現了，介紹給八十年代電影公司，電影公司送我一本小說——《窗外》。

小說第一頁

江雁容纖細瘦小、一對如夢如霧的眼睛、帶著幾分憂鬱。兩條露在短袖白襯衫下的胳膊蒼白瘦小，看起來可憐生生。

小說第二頁

江雁容心不在焉的緩緩邁著步子，正沉浸在一個她自己的世界裏，一個不為外人所知的世界。

我當時心想，這不就是我嗎？我天生纖細瘦小、敏感、憂鬱，看起來比實際年齡小三歲。初中三年加上高中三年，每天上學和回家都得走上十分鐘的路。而這十分鐘我總是陶醉在自我的幻想世界中，天馬行空的胡思亂想。看完《窗外》，我深深感覺，《窗外》正是為我而寫的，而江雁容這個角色捨我其誰呢？

八十年代電影公司導演宋存壽果然確定由我飾演《窗外》裏的江雁容，當時母親堅決反對我走入娛樂圈。我想拍的意願正如小說裏江雁容愛老師康南那樣的堅定，母親為此臥床三日不起，最後還是拗不過我。轉眼間三十九年過去了，當年母親拿著劇本（劇本裏所有接吻的戲都打了叉）牽著怯生生的我到電影公司那畫面，彷彿就在眼前。

拍攝《窗外》可以說是我一生中最快樂的日子，戲裏江雁容最要好的同學周雅安，正是我高中的同窗好友張俐仁，拍這部戲就彷彿是我們高中生活的延續，對我們來說沒什麼難度，導演直誇我們演得自然。記得有一場我喝醉酒躺在老師康南床上的親熱戲，我不讓張俐仁看，她爬上隔壁牆很高的窗台上張望，我怎麼也不肯演，導演沒法兒，只好把她關起來，為了這個她氣了我好幾天。

雖然母親和我在劇本裏打了許多叉，最後導演還是拍了一場接吻戲和許多場夫妻吵架的戲，因為我剛從學校畢業，很怕老師和同學們看到會笑，所以好希望這部電影不要在台灣上演，沒想到正如我當年所願，《窗外》一直到今天都沒在台灣正式上映。

瓊瑤姊總是一頭長髮往後攏，整整齊齊的落在她筆直的背脊上，小碎花上衣襯一條長褲。第一次見到她，她就是這樣打扮，那是我拍《窗外》四年後的事。她和平鑫濤到我永康街的家，邀請我拍攝他們合組的巨星電影公司創業作《我是一片雲》。平先生溫文爾雅，他們二人名氣都很大，態度卻很誠懇，我們很快就把事情談成了，我大大的鬆了一口氣，拍拍胸口說，見他們之前好害怕好緊張，他們也拍拍胸口說，見我和我父母之前也好害怕好緊張，結果大家笑成一團。

從七六年到八二年，我為巨星拍了八部瓊瑤姊的小說，《我是一片雲》、《奔向彩虹》、《月朦朧鳥朦朧》、《一顆紅豆》、《雁兒在林梢》、《彩霞滿天》、《金盞花》、《燃燒吧，火鳥》。

之前的七二年至七六年已經拍了四部不是巨星製作的瓊瑤電影，《窗外》、《女朋友》、《在水一方》、《秋歌》。可以說我的青春期，我生命中最璀璨的十年，都和瓊瑤姊有著密切的關係。

少女情懷總是詩，那十年我如詩的情懷總是和瓊瑤小說交錯編織，那些忙碌的歲月，除了在睡夢中，就是在拍戲現場飾演某一個角色，生活如夢似真，偶而有幾個小時不睡覺不拍戲做回自己的時候，我會跑到瓊瑤家傾吐心事。瓊瑤姊總是奉上一杯清茶，優雅的坐在她家客廳沙發上，耐心的傾聽我的故事，我們時而蹙眉，時而失笑，她寫出千千萬萬少男少女的心事，所以我們也有許許多多共同語言，有時一聊就到半夜兩三點。有人說瓊瑤姊的書是為我而寫，我倒認為是因為我的性格和外型正好符合瓊瑤姊小說中的人物。

那些年母親經常為我的戀情和婚姻大事而操心，不時打電話給瓊瑤姊了解我的狀況，瓊瑤姊形容母親愛我愛得就如母貓啣著她的小貓，不知道放在什麼地方才能安全。最近重新翻看《窗外》，原來瓊瑤姊也是這樣形容江雁容的母親。

從十七歲飾演《窗外》的少女，到現在擁有三個女兒的母親，我很理解江雁容的情感，也能體會江母愛女之心切。心想如果我和女兒是這對母女我會怎麼處理。於是我推開愛林的房門，她正坐在書桌前對著電腦做功課，一頭如絲的秀髮垂到肩膀，望著她姣好清秀的臉孔，我看傻了，她今年十五歲，出落得有如我演《窗外》時候的模樣。我坐到她身邊跟她講《窗外》的故事。「如果你是江雁容的母親你會怎麼做？」我很茫然。「年齡不是問題，我會先了解那個老師是不是真的對我女兒好。」「他們年齡相差二十歲！」她看我一副緊張兮兮的樣子，想笑，小手一擺淡淡的說：「我是不會交這個男朋友的——。」

七十年代末，忘了是哪年哪月哪日。有一個黃昏，我正好走在瓊瑤姊仁愛路的家附近，突然想起找她聊天，於是就按了門鈴。一進門見她神情黯然，垂首獨坐窗前的沙發上。待我走近，她幽幽的說：「聽說ＸＸ死了。」「誰？」「我老師。」「……。」窗內的燈一直沒開，窗外橙紅的落日漸漸消失，我腦子裏泛起的竟然是讀書時期看的一部《窗外》黑白片，電影的最後一個畫面是江雁容的背影，她獨自走在偌大的校園操場，鏡頭慢慢拉開，背影越來越小、越來越小、越來……。

瓊瑤姊從來沒有跟我談起她的愛情故事。依稀記得平先生曾經說過，瓊瑤姊寫完《煙雨濛濛》後，從高雄到台北接受他安排的記者訪問。回去時，平先生送她去車站，不知怎麼居然跟她一起上了火車，在車上聊了很多很多，結果他一直聊到台中才下車，我聽了很感動，問他聊了些什麼？他說他們的話題圍繞著瓊瑤姊的小說《窗外》、《六個夢》和《煙雨濛濛》轉，但是大部份時間都是在談《窗外》。

我認為，平先生一定是被那個敏感、憂鬱、多情的江雁容和她的創作者深深的吸引了。

二〇一一年四月八日

徐克與我

大導演手中的芒果

今年七月的某一天，我們在徐克家聊天，徐克很自在的抱著小狗 APPLE，他那自在的手，偶而也會搓搓他那白得似乎沒曬過太陽的腳巴丫子，看他搓得自然，我也就不覺礙眼，彷彿他是山上修行的高僧，隨心所欲的做他喜歡的事。聊著聊著，他拿起桌上的芒果和刀子，徐太施南生急著叫他去洗手，怪他抱過狗沒洗手就吃東西不衛生，我想起他手搓過腳，也皺著眉頭扯著嗓子勸他去洗。徐克一動也不動，我只好勸南生去拿條濕毛巾，南生邊走邊嘟囔著：「用毛巾和洗手到底是不同。」我說總好過什麼都不做。話剛講完，一條雪白濕毛巾已經遞到徐克眼前，混亂中芒果已經傳到了另一個女孩手中。這女孩從北京來，是演員孫紅雷的助手，孫很醒目，一看這情形，馬上吩咐助手幫忙切芒果，那美麗的助手對著芒果發呆，我覺得奇怪，心中暗忖，是不是因為生長在大陸沒見過芒果？再仔細一看，原來徐克已在芒果上方劃了三刀。

曾經聽南生說過，她在一家高級餐廳見過一名高貴女子優雅的吃芒果，芒果吃完，除了表面開的方塊小洞和吃掉的果肉，整個果仁完好無缺的包在果皮裏。於是我故做優雅的說：「讓我來。」接回芒果，我再劃上一刀，果皮上有個口字，我把口字上的皮拿掉，遞了個小調羹給徐克，問他是不是要這樣吃？

徐克在紛亂中，手還保持著剛才被搶掉芒果的姿勢，圓瞪著大眼，還沒合上的嘴巴發出一聲：「是啊！」我鬆了一口氣：「哦—這樣就不怕你手髒了。」徐克這才在眾目睽睽之下，把芒果肉從那小口子挖出，一勺一勺的往嘴裏送，吃完上面和周圍的肉，再用調羹把下方的果肉和果皮分開，然後兩手拿著芒果兩頭，把果仁一轉，果仁下面的果肉就給翻了上來。就這樣，大導演乾手淨腳的就把整個芒果給幹了。

我猜他心裏一定在想，我老爺只不過是想吃個芒果，瞧他們幾個緊張成什麼樣子！

二〇〇六年八月一日

金聖華教授與我　張薇攝影

有生命的顏色

金聖華教授一身棗紅出現在我家前院，高雅中透著風韻。棗紅穿在我身上，從來沒好看過。這顏色經過金教授深淺得宜的搭配，煞是好看。這是她給我的第一個印象，因此每當我想起她，腦子裏就浮起紅酒的顏色。

由於我對文學的喜愛，和渴望在英文程度上有所增進，朋友把當時在中文大學教翻譯、現在又是翻譯學會會長的她介紹給我。即使她的生活非常忙碌，仍然會抽出時間，在每個星期六的下午，帶著她翻譯的文章到我家，很有耐心的指導我。我稱呼她金教授，她堅持要我直呼她的名字，因為這樣我們之間的距離拉近了，友誼也就從此展開。

沙士期間我去了一趟美國，因此我們有很長一段時間沒有見面。回港後，有時我和她會在星期六的下午，相約在半島酒店喝下午茶。在那兒我們談文學、談哲學、談藝術。間或也會到對面的藝術中心看畫，消磨著很有意義的下午。在交談的過程中聖華給了我很多啟發和靈感。有時因為她的一句話，我回家就可寫出一篇文章。

有一次我們談到顏色，她很興奮的告訴我，有幾本是專門講顏色的書，每一種顏色都有一本。後來我們在台北的誠品書店找到了。我買了兩套，有紅色、藍色、紫色、白色和黑色，一人一套，我們各自捧著自己的書，像小孩子捧著心愛的玩具一樣。

向來對顏色沒有深刻研究的我，聖華問起來，才仔細思考這個問題。

小時候很喜歡鮮黃色，因為喜歡那幾句歌詞：「我的她，穿著一件——，黃顏色——，的襯衫，黃襯衫，在她身上，更顯得——，美麗大方。」之後有很長一段時間對顏色沒什麼特別感覺，好像也無所謂，後來發現，心情不好的時候多數會選灰色衣服穿。也有很多黑色衣服，因為黑色最容易搭配，也最不容易出錯。經常買紅色衣服和大紅口紅，卻很少穿也很少塗，只是喜歡那豔紅的感覺，市面上有許多紅，好看的紅卻難找，我喜歡那過年的紅（正紅）。最近鍾情於象牙色也喜歡粉紫和 dirty pink（暗粉紅），這幾種顏色給我的感覺是平和、自然。

很高興看到聖華翻譯的一本有關顏色的詩集——《彩夢世界》，讓我對色彩有了新的認識。

很喜歡這首〈紫瓣飄落〉

紫瓣飄落於
靜止的湖上
湖水哭泣
為一張逝去的臉龐
那臉永不會再次
映照於湖面
紫瓣飄浮於
靜謐的空中
宛如音樂

幾片紫瓣，竟是這樣空靈美麗。我想起和聖華到香港藝術中心看完畫的時候，她一身紫色紗裙，從石階上走下。我從石階下往上看，她那雪紡輕盈的衣裙在風中起舞，正如詩人布邁恪的詩。紫瓣飄浮於空中，宛如音樂。

另一首〈黑與綠〉

窺進黑黝黝的池塘
我瞧見一張臉龐
給漣綺弄皺
受綠葦糾纏
讓黑色水鳥穿梭划過

這臉是我的
你的，還是一個陌生人的？

黑配綠總讓我感覺深沉和憂鬱。在人生的旅途中，每個人都會遭遇到人世間的苦和無常、而在臉上留下了痕跡，這張臉會是我的、你的，和他的。

記得有一次我和聖華見面，兩人不約而同的都穿黑配綠的衣服，我們兩人平時沒穿過這種綠，那次剛巧都穿著像綠葦一樣綠的上衣，她配黑裙，我配黑長褲，這麼巧，我們互指對方笑得好開心。

〈紅之一〉

紅在我頭顱裏尖叫
以利爪抓住我的腦
它那紅寶的眼睛
窺入
本來永不該瞥的地方

「紅」可以那樣恐怖，也可以像瑰麗如寶石的美豔，它能尖叫，它有利爪，原來「紅」可以這麼有生命力。

看了這首詩，才讓我意識到，我喜歡的是它那種令人驚豔得窒息的感覺，我喜歡它那強烈的生命力。

聖華喜歡美麗的顏色，她能讀出加拿大著名詩人布邁恪的內心世界，詮釋出以顏色為主題的美妙詩句。透過她的譯作，我才知道，顏色不只是形容詞，也可以是動詞和名詞，不只代表靜止的色素，也可以有動感，甚至充滿著生命力。

二〇〇八年二月五日

林美枝、馬家輝與我　秦偉攝影

華麗而溫暖的城市

其實自認連信都寫不好的我，那有資格為才子馬家輝寫序。在我認識他的頭三次會面裏，他每次都遞給我一張名片，並且邀請我在《明報》寫專欄，讓我留下深刻的印象，同時也被他的誠意所感動。

大約在兩年前，我和施南生在半島酒店的瑞士餐廳吃飯，剛好徐克和一位教授在隔壁談事情，南生知道我不喜歡應酬和怕見生人的性格，事先徵求我的同意，雖然我爽快的答應了，但心想這餐飯一定很悶。沒想到和徐克一起進來的是一位翩翩風度的青年書生，而我們整晚的話題竟是女兒經，當時非常同情他那愛女兒、疼女兒的（可憐）天下父母心，很想好好的開解他。他遞給我第一張名片，名片上寫著「城市大學中國文化中心」助理主任馬家輝，他答應下次見面時送我一本書《女兒情》，那是他和太太合寫，送給女兒馬雯一歲的生日禮物。

第二次見面，是在我從台灣回來的那個夜晚，在赤鱲角的高速公路上，心裏有些感傷，撥了個電話給南生，剛巧他們請了馬家輝夫婦在家裏吃大閘蟹，要我過去，於是我直接從機場到南生家。

家輝太太美枝跟我一樣是嫁到香港的台灣姑娘，也是我們林姓本家，聊起天來特別有親切感，我跟她聊起這兩年奔走於台北、香港的感覺，就好比經常遊走於地獄與天堂之間，我描述著每當在桃園機場下機，我的心情就漸漸的沉重起來，雖然是大白天，總感覺整個天都是灰暗的。而每次離開台灣的時候，在中正機場，心情已經漸漸的開始放鬆了。回到香港通常已是晚上，由機場回到家必須經過一條長長的高速公路，公路兩旁的路燈，因為車速的關係，形成了兩道強光，四周安靜無人，彷彿正在經過一個時光隧道，從地獄回到天堂，迎接你的將是歡笑和希望。家輝很安靜的聽，只問了一句：「為什麼你認為台灣是地獄？」我說：「能夠經常回台照顧父母，固然是自己的福氣，但是所接觸到的都是醫院、輪椅和病人，心情非常沉重。」家輝遞了第二張名片給我（怕我第一張不見了）邀我在《明報》寫專欄，我好奇的問：「為什麼你這麼大膽，敢邀請一位從未寫過文章的人寫專欄？」他說我能形容出那天堂與地獄的感覺就能寫文章。

第三次，也是在南生家吃飯，讀了《女兒情》，我說他那愛女之情簡直就像在跟女兒談戀愛，他也挺同意我的說法。內裏有些文章讓我憶起小時候和父親在一起的片段。他又遞了第三張名片給我，再次邀我寫稿。前兩張名片真的不知收到那兒去了，這次我接過名片珍而重之的收了起來。

每天買多一份《明報》，只為了要看馬家輝的專欄，專欄裏有比較通俗的維園阿伯甲、乙對話，有比較嚴肅的政治話題，最喜出望外的是讀到有關電影的評論，家輝真的是喜愛電影，他從來不曾惡意的批評任何一部戲，總是很仁慈的和你分享電影的觀後感。

在〈回不去了〉一文中講到王家衛導演的《2046》，梁朝偉提著筆，鏡頭近攝筆尖，幾乎看得見墨水滴下，一秒、五秒、十秒，鏡頭凝止不動，導演其實在向觀眾訴苦，這麼多年了，我仍然在找尋自己的書寫方式。不知道這是不是家輝的心聲。不過，此刻我也正提著筆，許久、許久、許久、不知怎麼才能寫好這篇文章。

不敢讚美家輝的文章，他是不需要讚美的，只想說，看了《愛戀無聲》的手稿，一張張紙，幾乎張張都能令你產生共鳴，雖然說的是尋常事的尋常趣味，就是因為這些尋常事，使你在茫茫人海中找到了知音，他和你談天說地、訴古道今，使你的情感和靈魂找到了宣洩的出口。

馬家輝《愛戀無聲》裏提到台灣那些往事，看電影、唱國歌、啃鴨翅膀、戲院門前烤魷魚的香味和煮玉蜀黍的熱氣，使我憶起少女時期，每個週末和幾位好同學一起到台北西門町壓馬路、看電影那種快樂時光，我們幾位身穿迷你裙，腳踩涼鞋，神氣活現的走在西門町的大街上，好像整個世界就在你的腳底下，只有你才最大。當年我被星探發現，走入影圈而轉變了我的一生，也就在這個時期。驀然回首，已年過半百，這才發現要學習的事情實在太多，時代進步了，科技發達了，過去那些是回不來，也回不去了，我們被時間的巨輪推著向前走，眼睛往前看，偶而回顧一下，別有一番滋味在心頭。

在〈午夜危情〉裏，家輝提到柯林頓夫人的腦袋，希拉蕊說自己的腦袋有幾千個抽屜，隨時精準開關。

馬家輝，你又何嘗不是。

香港有了你，將不再是張愛玲口中「一個華麗但悲哀的城市」，它將會是「一個華麗而溫暖的城市」。

二〇〇六年七月四日

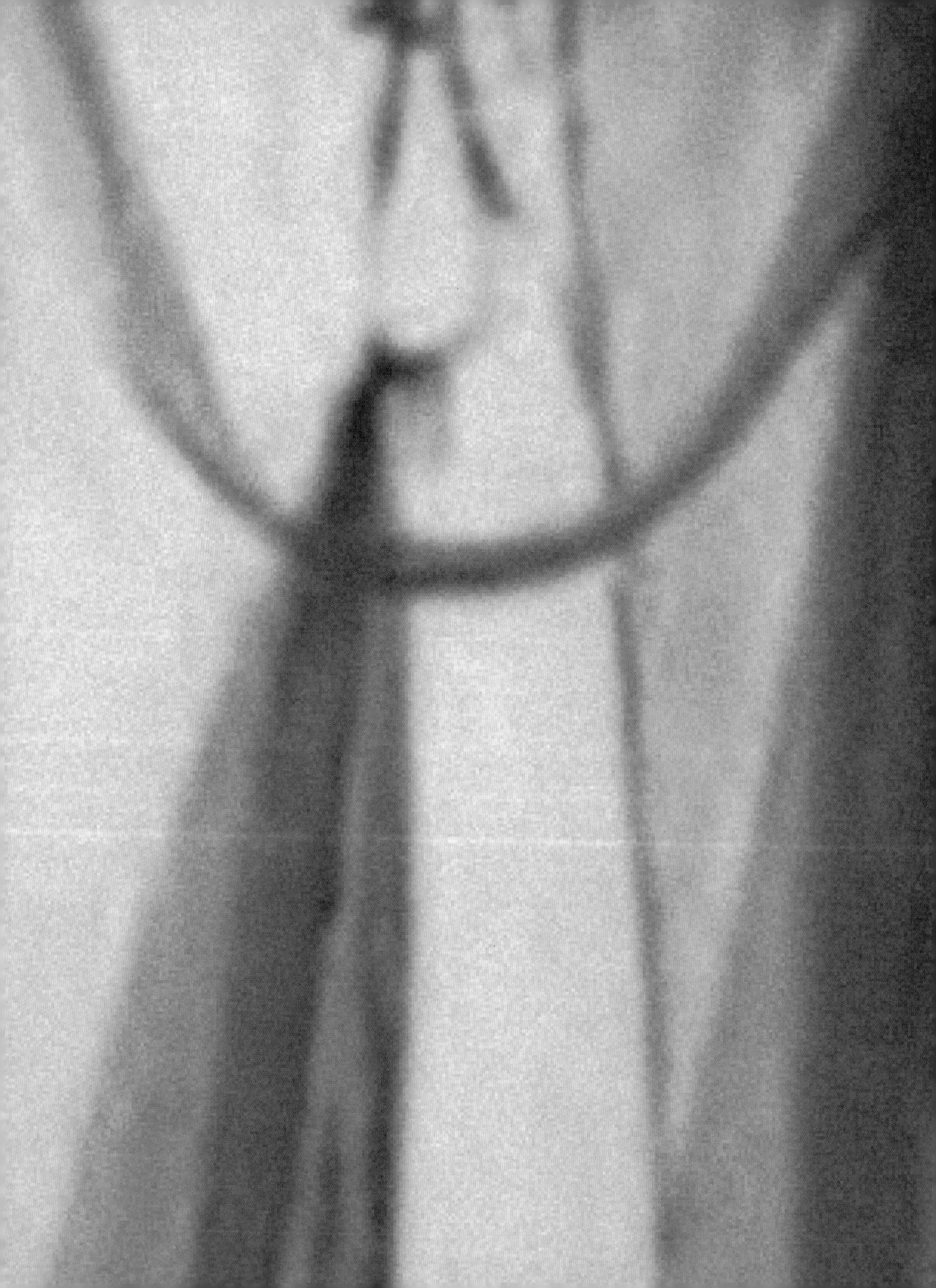

四趣

「你是不是林青霞？」

很喜歡帶給別人意外的驚喜。

在香港一個診所裏等候應診，斜對面坐著兩位上了年紀的闊太，他們聊天的聲音很大，突然聽到了我的名字。我和祕書對望一眼，豎起耳朵聽聽他們說些什麼。大意是說有一個姪子不肯結婚，說世上哪有第二個林青霞。我站起來畢恭畢敬的上前自我介紹，兩位太太停了幾秒鐘，手指著我說：「你就是林青霞？」然後兩人捂著嘴拍打著對方笑了起來。有一位太太進了醫生房，剩下那位問我知不知她是誰，原來她就是出名慈善家的太太，這個世界真正小，她的媳婦正是我的牌友。

在台北的一個早晨，太陽暖暖的，我推父親到國父紀念館去散心。在湖邊的樹蔭下，有一堆老兵和鄰居的老先生在閒聊，聽不見他們說些什麼，只是很清楚的聽到「林青霞」三個字。我知道這是一個讓父親和那些老人家開心的機會。於是我推著父親上前：「你們好！我是林青霞！」靜默了好一陣，有一個操著台灣國語的老先生問：「你就是她本人啊？」然後父親和老人們都笑了，笑得好開心，笑得好燦爛。父親很有面子，老人們也開始了他們快樂的一天。

在上海機場，經過海關，海關人員看著我的護照，停了一下，然後把護照交還給我，我心想還好沒被他認出來。在候機室等候上機，那位海關人員一臉肅穆的走到我面前，要我拿出我的登機證和護照，旁邊的朋友很緊張，問怎麼回事。他身子有些微微的顫抖，緊張的面容，好像要哭似的：「你是不是林青霞？」我心想：「我沒犯錯呀！」他拿出筆來要我在他的工作證上簽名。我和朋友這才鬆一口氣。

小時候住在嘉義縣大林鎮的小村莊裏，經常幻想著，將來有一天大明星會出現在我們的鄉間小道上。

小女孩原以為這是絕對不可能發生的事，許多年之後不可能的事竟然發生了：最後回到那鄉間小道上的大明星，就是當年做白日夢的那個小女孩。

那年，我帶著亞洲電視攝製組回到我小時候生長的地方。街道上空無一人，有一位老太太正朝著我們這個方向走來，攝製組的人正想開口問路。因為我想給她一個意外的驚喜，所以上前問她我要找的地址。老太太看著這組奇怪的人再看看我，表情很趣緻的指著我：「你是不是林青霞？」

二〇〇八年十月二十六日

嘉義縣大林鎮社團新村
陸沙舟攝影

陸沙舟攝影

我們仨，在杜拜

施南生、徐克與我

施南生與我

「徐克，你看外面！漆黑一片，沒有路燈，沒有電線杆，只有在路上行駛的車燈。這麼靜謐，感覺很迷離，很神祕。」在我前座的徐大導覺得我大驚小怪，不急不徐說：「新疆也是這樣呀！」他在新疆拍攝電影《七劍》，待了很長一段時間。過了一會兒我又說：「在這沙漠地方，萬一車子拋了錨，或其他原因，把我們給扔在外面那可怎麼得了？」徐克語調平靜地說：「那就是一個故事啦！」到底是大導演，什麼事情都能想到故事和電影。我旁邊的施南生，這兩天出出進進忙着，很辛苦，正閉目養神。

這次杜拜電影節大會頒發「亞洲電影終生成就獎」給徐克。我是因為從來沒到過中東，所以跟他們結伴而來，同時也可分享他們得獎的喜悅。

到了杜拜的頭兩天，眼睛所接觸到的都是摩登建築和所謂的七星級酒店。每家酒店都極盡奢華之能事，有的裝飾得像水族館，客人可以一邊吃飯一邊觀賞深海魚。有的金碧輝煌，酒店門前那許多和真馬一樣大小漆成金色的馬匹，栩栩如生的奔跑狀，異常壯觀。我住的酒店，周圍是引進的海水，客人可以坐上小船到隔壁的酒店和商場，像威尼斯一樣。更奇特的是，在一個大商場裏，他們打造了整個滑雪場地，就像電影佈景一樣，隔着玻璃窗可以看到穿着厚厚滑雪衣的人踏着滑板從小山丘上滑下來。這裏用金錢堆砌出他們的夢想，就像拉斯維加斯一樣。我看不到中東式的傳統建築，感覺不到阿拉伯世界的神祕氣息，有點失望。但是在去會場的車程中，那屬於中東的氣息越來越濃厚。

車子在行進中，靜靜的，沒有人說話。我暗自慶幸自己這次不是主角，心情既輕鬆且愉快，我不需要準備台詞，也不必做鎂光燈的焦點。

一九八一年夏我從加州拍完《愛殺》經過香港，和他們在尖沙咀巷子裏的酒吧見面。南生一頭短髮像個男生，穿着新潮，徐克留着鬍鬚帶着太陽眼鏡，旁邊還有鬈毛岑建勳，他們既有型又特別。第二天約了徐克在半島見面，他把眼鏡除下，我發現他的眼神很有靈氣，他就是用這雙眼睛觀察演員的特質。第一天到片場拍《新蜀山劍俠傳》，他問我可不可以赤腳拍攝，我覺得這個提議太好了，馬上就把鞋給脫了。因為演的是仙女，一進片場就給吊上了鋼索在空中飛來飛去，好像整部戲裏才走了三步路。我每天半夜四點到片場化妝，有時候等了一天都拍不上幾個鏡頭。有一次我在徐克面前大顆大顆的淚珠往下滾：「我化好妝頂着又高又重的假髮，在戲裏吃苦我一點不怕，不要把我的精力耗在戲外。」在片場威武神勇的大導演這時倒退一步，一對五爪金龍在空中亂晃，驚慌失措地說：「我最怕女人哭了！」我見他這樣，反倒不好意思起來。

第二次見南生，是在嘉禾片場，我趴在高台上聽徐克說戲。一眼瞥見從外面走進來的南生，她穿着一套緊身窄裙套裝，腳踩尖頭細跟的高跟鞋，陽光灑在她身上。我從較暗的片場往外看，她的身影周圍閃着金光，彷彿是從天外來的女鬥士。我跟她是不打不相識。一九八五年拍徐克的《刀馬旦》，戲快殺青時，她找我去英國剪綵，我打着如意算盤想剪完綵就直飛美國。偏偏徐克的戲沒拍完，還得再飛回香港。到英國的第一天早上，她一個人很優雅的在酒店的泳池邊吃早餐。我走向前抱怨行程安排得不妥，讓我舟車勞頓。沒想到在我眼裏一直是女強人的她竟然哭了起來，這倒像是我欺負了她。後來才知道那天是她和徐克的結婚周年，她因為一個人度過而感到難過。這次我們開始互相體諒對方，從此成了朋友。

我和徐克、南生合作過很多好電影，因為這樣，我們三個人經常相聚在一起。一路走來他們對我的人生有很大的影響，因為他們，我在香港生了根。

車子開到會場之前，經過一個個關卡，他們跟我們要證件，我們都沒帶，南生說一定會讓我們進去的，結果給盤問了半天。這裏不像香港，他們可不認識我們。我說：「還好這裏沒有戰爭，要不然夜裏這樣一關關過還真嚇人。」原來是有官員要到，所以保安特別嚴謹。

好不容易到達目的地，見到一座像是古代的城門，前面沙地上點滿了蠟燭。進了城門，走道兩旁，鎂光燈劈里啪啦的閃個不停。我們踏進露天的沙漠會場，像是走入另一度空間，那裏燈火通明，音樂沸騰，偌大的場地，一個大布幔上打着藍色巨形的馬頭。人們拿着酒杯開心的寒暄、拍照、跳舞。我抬頭望着天上一顆顆又白又亮的星星，就像灑在銀河裏的鑽石，彷彿天地與我同在，我也不自覺的跟着大家一起隨着音樂的節拍舞動。

在沙漠地帶晚上氣溫很低，南生冷得直發抖，每當微風吹過，她就說：「這寒風真是刺骨！」我看她冷得不行，就拿我的披肩，裹着她一身黑色PRADA套裝的身體。徐克見我穿得單薄，把他的黑毛衣脫下給我套上。

台上終於報出徐克的名字，我趕緊拿着相機走到台前幫他拍照留念。他說了些什麼我沒聽清楚，一聽到南生的名字，立刻豎起耳朵仔細聽。他感謝南生多年來對他無私的付出和全面的支持鼓勵，讓他能專注地把自己的生命和事業向至真、至善和至美推進。他說沒有她就沒有他站在台上的那一刻，他高興在這重要的時刻與她分享「終生成就獎」，同時謝謝她這些年來帶給他的力量和智慧，最後他大聲說：「謝謝南生！謝謝大會！謝謝杜拜！謝謝青霞！」最後一句是我加的，他沒有謝謝我。南生從椅子上跳起來跟所有的觀眾揮手，觀眾也報以熱烈的掌聲做回應。我走回座位，看到我那大紅花披肩攤在地上，內心暗忖，怎麼這會兒她又不冷了？

二〇〇九年一月九日

施南生、徐克和我　攝於杜拜

生命的彩霞

從泰姬陵回到德里要五個鐘頭的車程，車上的人都睡了。我望向車窗外，「好美呀，月亮！」彎彎的月牙，就像鑲了四分之一金邊的圓圈，圓圈裏是透明的，像孩子們吹起的泡泡。月亮下方千層糕似的彩霞，描着銀白、灰黃、金黃、紫紅、鮮紅、橘黃各種顏色，一層層落到印度人家的院落。

從德里到世界七大奇景之一泰姬陵的路途中，我看到的是滾滾的黃沙和破爛的民居，路邊的瘦牛在垃圾堆裏尋找食物。真奇怪，這裏的牛怎麼會在街道邊的住宅出現？車子在紅綠燈前停下，車窗外一個又黑又瘦的婦人抱着骨瘦如柴的小孩，兩個人各用五根手指碰觸着嘴唇，示意他們需要吃的。路邊草席覆蓋着一個人。我想是個沒有生命的人，周圍沒有誰去理會他。這是個什麼樣的世界？這裏的人又有着什麼樣的生命？這裏有美麗的彩霞，生命不該是這樣的，為什麼他們的生命就這樣的暗淡？這樣的悲哀？這樣的沒有光彩？

到了泰姬陵，導遊叫我站在一個點上，前面是泰姬陵，後面是一座拱門，他要我看的是前後比例的對稱、平衡和幾何圖形的設計。我看到的是天堂、地獄極端的對比。前面拱門後的花園深處是雪白光鮮完美的大理石建築物，後面拱門外拋下的是塵土般破爛的民居。

這座泰姬陵是蒙兀兒王朝第五代皇帝為紀念已故愛妻穆塔芝·瑪哈而建立的陵墓，一共動員了兩萬名世界各地的工匠、書法家分工合作，花了二十二年時間才打造成這座偉大藝術建築。我們走進拱門，拱門頂上有二十二個圓形小石柱，每一個石柱代表一年。進了花園，中間是長長的大理石水池，水池兩旁是翠綠的青草地和樹木，池裏映着陵墓的倒影，彷彿置身於真實與虛幻之間。導遊對着我按了一下快門，他說我的太陽眼鏡可以反射出這完美的建築。

主體建築外觀以最高級純白色大理石打造，內外的花卉圖案採用自然的寶石鑲嵌，有水晶、翡翠、孔雀石和珊瑚，導遊用手電筒一照，頓時一片透明亮堂。

陵墓旁邊的迴廊是雪白大理石花朵浮雕，光鮮亮麗，每一朵都是雕刻藝術家的心血。人在萬花叢中，天氣雖然炎熱，竟也感到徐徐涼風襲來，偶還有幾聲回響，令人迷惘低迴。

陵寢正中央穆塔芝·瑪哈和沙賈汗的紀念碑，彷彿一對珠寶裝飾的盒子放置在雕刻精美的屏風中。

走出這有三百五十五年歷史的建築物，心中讚嘆着偉大愛情的力量。他送給她的不是多少克拉的珠寶鑽石，他送給她的是不朽的世界遺產。印度詩人泰戈爾說泰姬瑪哈陵是「一滴愛的淚珠」，「生命、青春、財富和榮耀都會隨光陰流逝……只有一滴愛的淚珠，泰姬瑪哈陵，在歲月的長河裏流淌着，光彩奪目，永遠，永遠。」

泰姬瑪哈陵早中晚呈現的面貌各不相同。早上是燦爛的金色。白天陽光下是耀眼的白色，外牆嵌着寶石被太陽映射得七彩繽紛，像鑽石一樣閃閃發亮。夕陽斜照下，白色的泰姬陵從灰黃、金黃，逐漸變成粉紅、暗紅、淡青色。

有一天，它那輝煌燦爛的光芒和七彩的顏色，會不會映照着印度苦難的百姓，給他們的生命帶來光彩，帶來像彩霞一般的顏色？

二〇〇九年二月十日

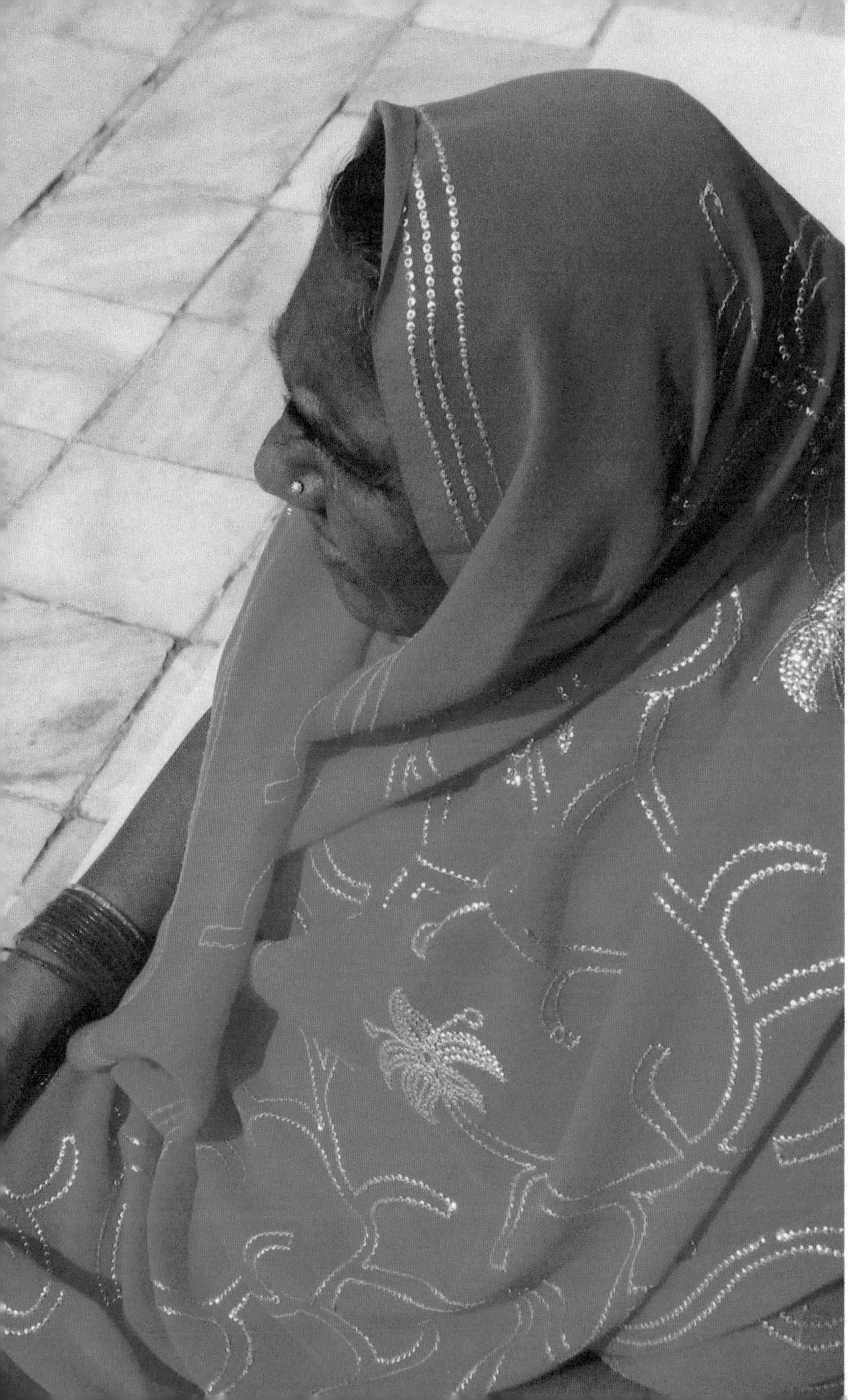

买手机就到中国移动手
移动信息专家

一秒鐘的交會

車停在高郵南門大街口，窗外下著濛濛細雨，一路上聽的都是中國南征北討的歷史故事。連日來參觀許多古文化遺址，有時徘徊在千年古蹟的趙州拱橋上，有時站在新石器時代的黃土牆邊。親眼目睹殷墟遺址婦好墓裏被活活埋葬蜷縮在馬車後的奴隸遺骨、正襟危坐毫無懼色自願陪葬的將領白骨，感到震驚和無限的唏噓。最讓我不忍再看一眼、不願回想的，是一個只有上半身的小孩遺骸，據說是被腰斬強行陪葬的。我在古今的交錯下，彷彿置身於時代的洪流裏，對人生有不少的感悟和嘆息。他日我們也終將變成歷史的塵土，現在能夠自在的一呼一吸已經是一件值得快樂的事了。

我深深吸了一口氣望向窗外，感恩那細雨，令我們在酷暑的天氣裏仍能怡然自得的懷思古之幽情。剎那間我被一個畫面所吸引。一個大約只有四五歲的小男孩，兩手扶著落地窗門，身上只穿著一件大紅小領襯衫，下面露著小弟弟，他兩眼沒有焦距的對著窗外，一、二、三、四、五、六……秒，就這樣一直沒有動過，那眼神不應該屬於這個年齡的孩子。他在想什麼？是不是因為這個下雨天沒人陪他玩而正無聊著？我忍不住跟他招招手，他回過神來看看我，我拿出逗小孩的看家本領逗他玩，這時他才回復孩子般的神情，轉身往後跑。心想，他不會捨得不回頭再看我一眼。後屋顯然沒人搭理他，他又急忙往回跑，想留住窗外的風景，我呶起嘴脣一張一合扮小鳥嘴，兩隻手在耳邊呼啦呼啦搧。他又急忙往後跑，還是沒有人肯跟他分享這風景，我在車窗裏欣賞他心情的起伏情緒的轉變，他顯得不知如何是好，把長窗關上，馬上又再打開，又關上，再打開。最後他站在門邊燦爛的笑了，笑得好純、好真，他開始接受我，向我招招手，這一秒鐘我們成了朋友，我們兩人的心靈都閃著亮光，就像兩顆流星的交會。這時車子漸漸開始移動，下一秒我們的招手已經變成揮手道別了。

相信今晚我會成為那小男孩飯桌上的話題，不知道這話題會持續多久，也不知道這次的邂逅能在他小小的心靈裏留下什麼。但是他成了我文章的主人翁，那麼我們這一秒的交會或許可以變成永恆，或許有一天他看到我這篇文章，腦子裏會浮現他家門前那個大巴士裏逗他玩的女子。

二〇一〇年九月十九日

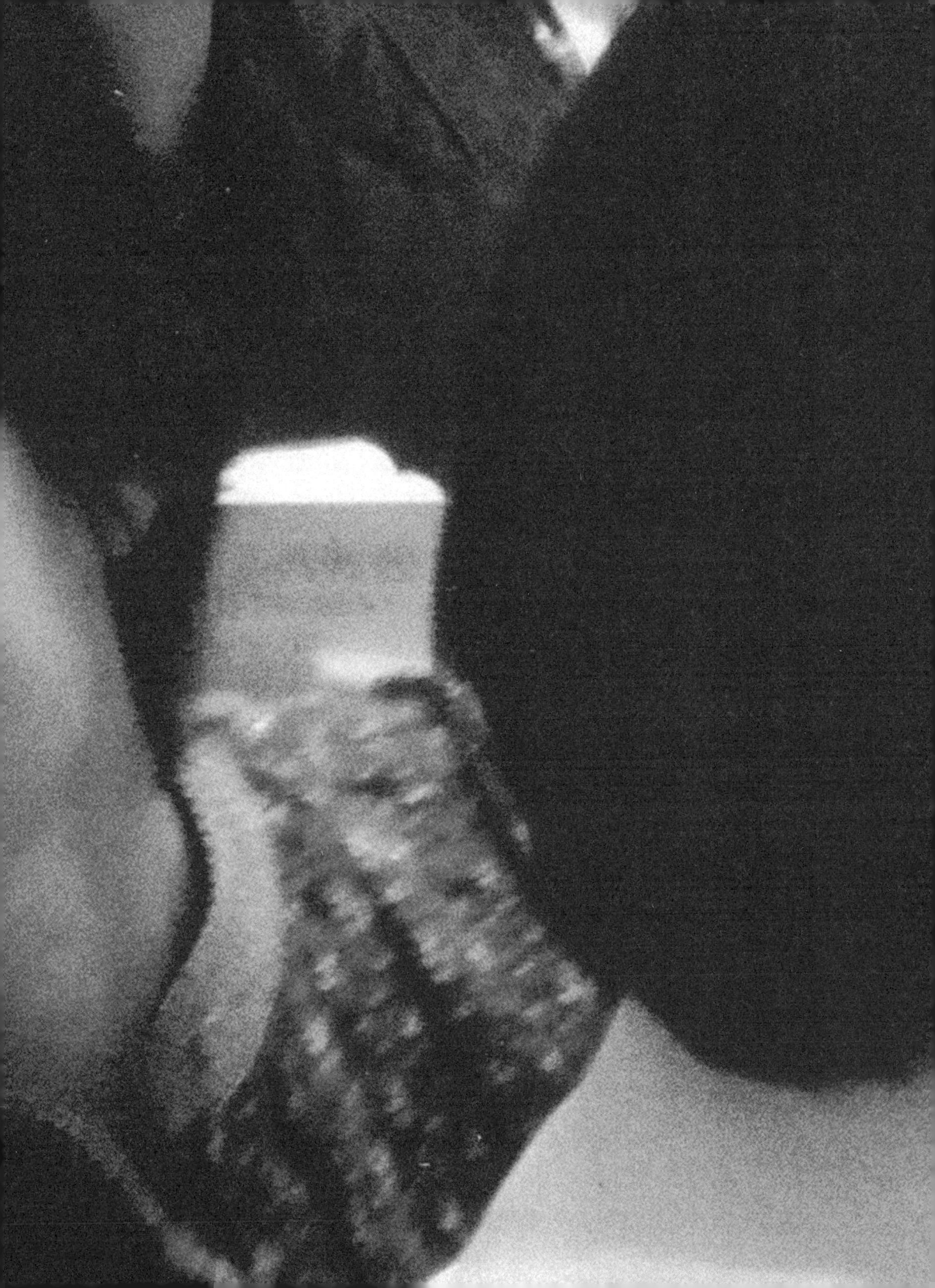

寶島一村

人說看戲的是傻子，拍戲的是瘋子。最近我特地飛回台灣一趟，只為欣賞一齣舞台劇《寶島一村》。看得我如醉如痴，時而感傷，時而欣慰，有時大笑；有時哭得抽泣，淚還沒乾又破涕而笑，還沒笑完又哭將起來。這是什麼樣的一齣戲？把我弄得像個傻子一樣。

這齣戲講的是我們上一代和這一代的故事。

戲一開始，是一排大陸逃難到台灣的隊伍，在上船前，正經過一個檢查站核對身分和名字。為了保住性命，為了不餓肚子，有的跟了個不熟的男人，有的頂了別人的名字。這令我想起，小時候曾聽父親說過，我有個阿姨，聽從長輩的安排，跟了一個軍人逃到台灣，因為還是未婚，報的是別人的名字和生日日期。來台後就嫁給那個軍人。她美麗又能幹，一肩挑起整個家庭的重擔，贏得鄰居的許多讚美。她隱姓埋名，把自己的一生完全奉獻給了她跟的男人和他們組成的家庭。看到這似曾相識的一幕，令我無限唏噓。

第二幕，跟隨蔣中正逃到台灣的大陸軍人，住進了眷村，一戶戶緊挨著，大家就像一家人似的。記得小時候，每天吃早餐的時候，我們家三個小孩總是隔著籬笆和隔壁王媽媽家的五個小孩吵架，兩邊媽媽就罵著自己的孩子勸架。當然眷村裏多的是像戲裏那樣敦親睦鄰、互相照應的溫馨故事。九歲從嘉義縣大林鎮的社團新村，搬到台北縣三重埔，我們的鄰居都是講山東話的老鄉。隔壁的山東伯伯娶了個台灣女人，講得一口山東台語，她很勤勞、很能幹，開著饅頭店，每天清晨起來做饅頭和火燒（用火爐燒出來的圓圓金黃色硬硬的厚餅，沒什麼味道，這是山東土產）。這一對就像戲裏面的山東夫婦。這一幕就好像是在看自己家的鄰居一樣既溫馨又親切。

演到老總統蔣中正去世那一幕。老兵那種無助感和孤獨感，他們哭喊著：「老總統死了！誰帶我們回老家啊？」我忍不住跟著他們一起哭。

記得蔣總統去世那天晚上，突然間無預警的刮起狂風暴雨，嚇死人。第二天早上，妹妹到床前告訴我蔣總統去世的消息，這好像是我生平第一次聽到所熟悉的人去世。蔣總統出殯那天，靈車慢慢駛過西門町大道，圈內所有演員和台灣群眾滿滿的沿著西門町大道兩邊目送他老人家上西天。當棺木經過的時候，很多人都跪了下來，哭聲一片。

回大陸探親那三戶人家的三段故事。第一家，那老太太狠狠的一巴掌打到跪在她眼前的孫子臉上，說這是他為他爸爸挨的，她怪她的兒子，為什麼幾十年都不回家。「唉！真是命運捉弄人。」這叫我怎能不抽泣，怎能不落淚。第二家，山東大漢帶著他的台灣老婆回大陸，硬要他的妻子叫另外一個女人姊姊，大漢抱著那叫「姊姊」

的女人哭得幾乎斷了氣，旁邊站著的是他從未見過面的兒子。台灣妻子起初蠻不是滋味的，後來還是識大體的一人分一個紅包。我笑了。第三戶人家，是回鄉祭祖的空軍子弟。他在父母墳前長跪不起。在他最愛的男人墓前哭訴著自己是因為他的墜機而從此不再飛行。那位在他心中永遠年少的愛人，曾經跟他說過「人活著就是要開心」。他一直活到現在：少小離家，回去已是垂垂老矣！

戲裏說的是眷村的故事。時代在改變，生活在變動，高科技取代了舊時代的種種，大部份眷村都拆除了，眷村的故事也隨著新時代的來臨慢慢消失。我們曾在眷村長大的孩子已是四、五十歲的年齡，大多數都早就離開眷村到城市發展去了，許多人也都成了家立了業。然而我們這些人最懷念的還是生長在眷村的日子。正如戲裏說的，眷村裏的孩子都想往外跑，在外成功發達之後，最懷念的還是在眷村的日子。

二〇〇八年十二月二十五日

攝於《寶島一村》後台
由上至下第二排　左起王偉忠、賴聲川、白先勇、丁乃竺和我

仙人

寫這篇文章，手不沾墨水，桌上沒有稿紙，這是我第一次利用科技——「電腦」寫出來的文章。

在生活中，往往有某些事或某些話會寄存在你腦海的某個角落。記得十五年前我結婚那天，好朋友施南生在我耳邊仔細叮嚀：「要學用電腦，將來等有了孩子，才能跟他們有良好的溝通。」我點頭稱是。十五年後，大女兒都十四歲了，我對電腦還是一竅不通。

始終認為沒有電腦的那個年代，人與人之間的距離比較接近。最恐懼的是，因為科技的進步，人們與科技產品相面對的時間多了，反而奪走了人與人相處的那份親切感和溫馨感。我排斥電腦，不願意對著那冷冷硬硬的東西，更怕去按那個鍵盤，深怕那玩意兒被我一按就壞了。我以為它是世界上最難懂的東西。

在沒有走入電腦世界前，我像是在另一個星球的地球人。與自己置身的現代文化脫節了，簡直就成了文盲。女兒們一人一部電腦，對著它的時間比對著我多。缺少了與她們溝通的重要工具，感到有快要失去她們的危機。有次我要出門兩個星期，小女兒喃喃自語的說：「媽媽真希望你會……」「什麼？」她說的電腦術語，我根本聽不懂，內心一陣慚愧。現在回想起來，她說的大概是 ichat（會用 ichat，即使是相隔兩地，也能隨時看著對方說話，以慰思念之情）。那天和施南生在又一城商場喝下午茶，我長嗟短嘆的談起我的危機。南生跟我講話向來是好聲好氣的，那天她好好的數落了我一頓，好像是恨鐵不成鋼的樣子。

我這塊生鐵給敲得噹噹響，回家後痛定思痛，下定決心衝破怕電腦的心理障礙，把手指伸到鍵盤上，像嬰兒開始學走路一樣，先學著插上插座，然後學開機。小祕書在旁耐心的指點，我一個鍵一個鍵的跟著她的指示，口裏重覆著她的指令，進入眼前那個小小窗口，剎那間，彷彿被吸入無邊無際的宇宙，周遊於資訊浩瀚的領域。

第一封電郵是打給施南生，多謝她的數落。南生高興得連回了三封電郵，又給了幾個重要的網址囑我進去看，她說如果我能夠自己幫自己尋找到想要知道的知識以後，將會更容易掌握自己的生活。

以前見了電腦就躲的我，現在晚上哄孩子睡了以後，一個人對著三個「蘋果」：「蘋果 Mac Book Pro」、「蘋果 iPad」和「蘋果 iPhone」，一個寫文章，一個查字典，一個跟朋友通簡訊，忙得不亦樂乎。

跟世界接上了軌，自我感覺非常良好，好像年輕了許多，我一邊按著鍵盤一邊在想，二十一世紀的我們所能夠企及的，對古時候的人來說，只有仙人才可以做得到。

二〇一〇年六月四日

林青霞攝影

吃飽了「撐」的

小祕書說她被騙了。

她說因為她貪小便宜，跟人簽了一紙合約，這份合約逼得她在一個禮拜之內瘦了九磅，搞得她苦不堪言。

見她面黃肌瘦，我見猶憐的，仔細打聽之下，才知道她簽的是瘦身合約。

有一天她接到一位陌生人的來電，對方問過她的年齡、身高、體重後，告訴她以她的年齡和身高比例，應該要減掉九磅，請她到瘦身公司去一趟，公司可以免費幫她減肥。不過要先繳交一萬元保證金。果然公司幫她做了整套計劃，有專人幫她量身高體重、度脂肪的多少，還有營養師開餐單及吃中藥，再加上儀器配合。小祕書求瘦心切，又想可以減掉腰上的贅肉，忙不迭的就把合約給簽了。簽了約仔細看清楚才發現，原來公司只負責一個月的減肥計劃，其他的得靠自己，如果在一年之內的哪個月不能保持減掉九磅的體重，就得扣兩仟，扣完為止。但如果每個月都能夠保持減掉九磅的體重，保證金原數退還。小祕書為了保住那一萬元，每天晚上只敢吃一個餛飩和一條青菜。

從小就瘦小的我，高中入學第一天，走進教室。全班都說我走錯了地方，他們以為我是初中部的，一直到我入影圈拍戲，體重都沒法超過一百磅，手臂細得幾乎一個手掌就可圈住，那時候我多麼希望能多長點肉。記得剛成名的時候，有一天在西門町街頭紅綠燈前等過馬路，因為穿上六吋鬆糕鞋，站在人群裏簡直就是高人一等，我聽到一片「瘦！瘦！」聲，幾乎每個人的嘴巴裏都發出一個「瘦」字，中間夾著一個女孩子驚恐的聲音：「好可怕噢！」那時候最怕人家說我瘦了，在那一片「瘦！」聲中，我恨不得馬上鑽到地洞裏。

初中一年級的我

本來以為減肥這玩意兒跟我永遠扯不上關係。在我結完婚生了孩子之後，身材開始發福了，自己倒不怎麼介意，因為從來就沒有嚐過胖的滋味，反而很欣賞自己胖嘟嘟的模樣。有一天施南生來家裏吃飯，她嚴重的警告我不可放縱，好像我的胖是一種罪過。嚇得我下定決心第二天開始跑步、游水、節食，三管齊下，才減掉身上的幾磅肉。想不到我也有加入減肥行列的一天。

聽小祕書說那天在瘦身公司，見到許多阿伯阿嬸，還有一些做粗活的。難道他們也想瘦身？

曾幾何時，瘦身公司如雨後春筍，幾乎每隔幾條街就有一家，有些甚至成了上市公司。

我在想，瘦身公司開得越多就表示那個地方越富裕，因為大家都吃飽了「撐」的。也沒聽說非洲、印度那些窮苦國家的老百姓嚷著要減肥的。

二〇〇九年六月六日

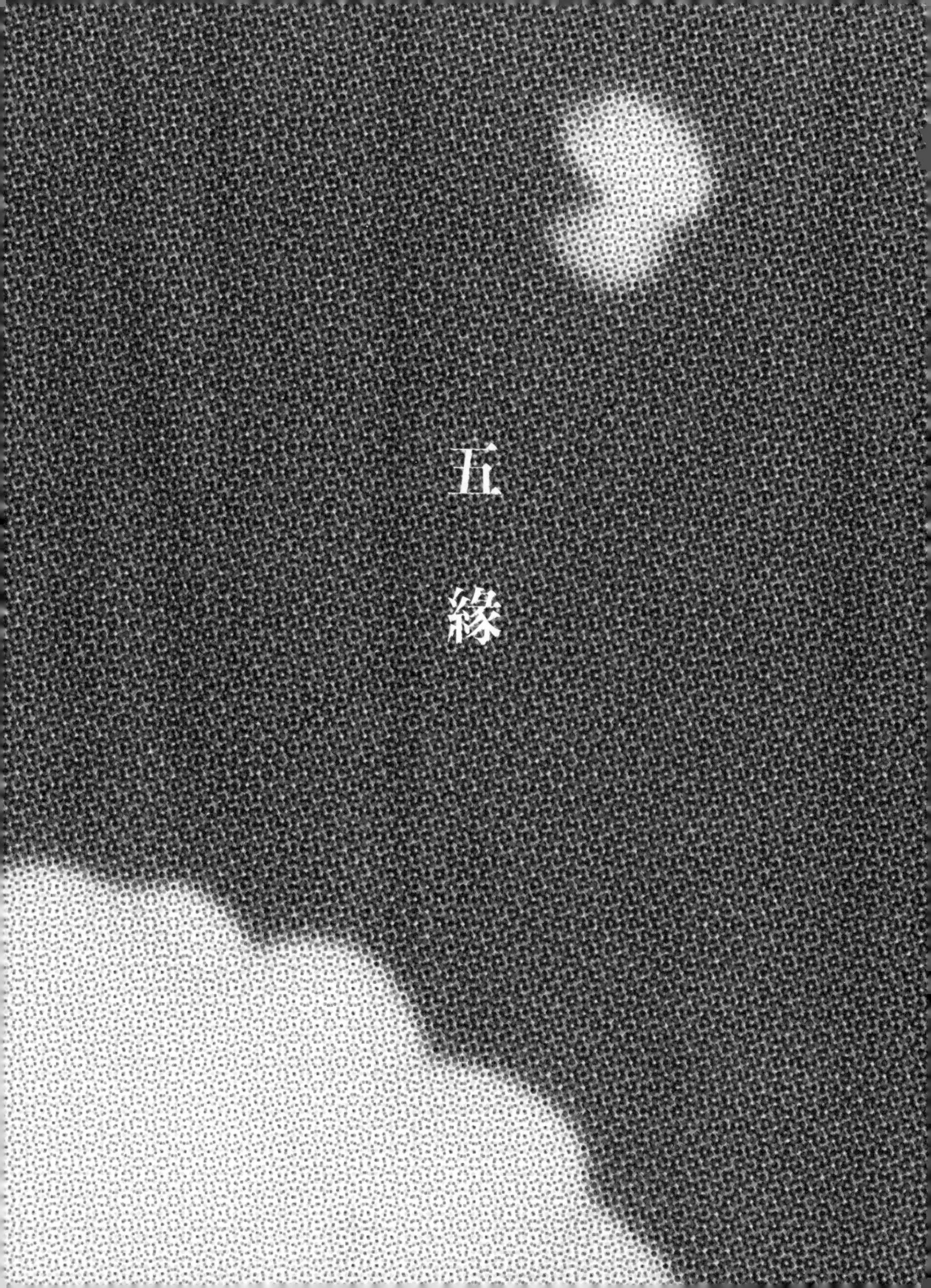

五緣

完美的手

走進北京三〇一醫院的病房，第一個映入我眼簾的，是雙平擺在一張小矮桌子上潔白細緻的手。再往上移，見到的是仁慈、親切的臉孔，他腰桿筆直的坐在木椅上，微笑著迎接我們。

北京天氣開始轉涼了，我知道老人家特別怕冷，所以為他挑選了一條開思米圍巾，我把圍巾交到他手上，他笑著用手撫摸著說：「眼睛看不清楚，用手感覺一下。」他曾經說過，活到九十幾歲，洞悉世情，最珍貴的就是真學問和真性情。我想——他——季羨林教授，就是這樣的人。

和我一起探望他的朋友，問他知不知道我是誰，他瞄了那位朋友一眼，一副你們真把我當老人家呀，還幽了他一默說：「全世界都知道。」逗得大家哈哈大笑。

朋友談到他書中所說的和諧，他說那是人與自然的和諧，人與社會的和諧，更重要的是人與自身的和諧。又說人與自身的和諧要做到良知、良能，他解釋良知就是人要有自知之明。記得書上說過，蘇格拉底去求神，求的就是讓他有自知之明。我不懂什麼是良能，他解釋良能就是不要自不量力，不要好高騖遠去做超越自己能力的事情。我頻頻點頭稱是，這正是我要學習的功課。就是不要老是要求完美，以致無法達到而自找苦吃。

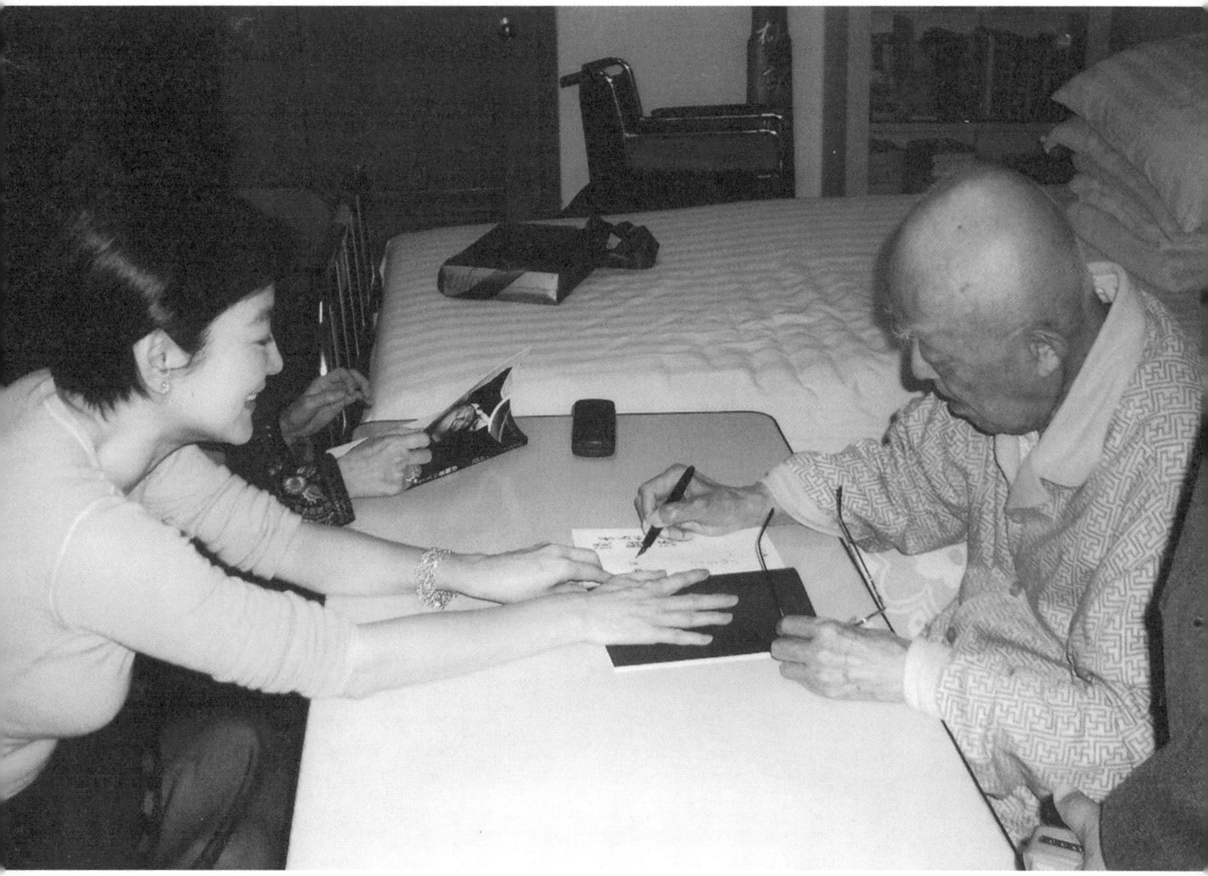

季羨林與我
李景端攝於北京三〇一醫院

我們聊了好一會兒，發覺他那雙文人之手仍然保持在原來的位置上，感覺上很寂寞，我忍不住抓著他的雙手，最喜歡見到老人家開心。我想帶給他溫暖，我想撫摸那寫過無數好字、好文章的手。

我握著他的手，除了想討討文氣，更希望把我內心的溫暖傳給他。這雙手，經過文化大革命十年的浩劫，歷過近百年歲月的洗禮，寫過上千萬字的好文章，竟然沒有留下任何烙印，不但手上沒有疤痕，我們還發現它竟然沒有老人斑，相信此手正如其人，有他赤子之心的年輕和純淨。

他在《牛棚雜憶》一書上寫道：「我能夠活著把它寫出來，是我留給後代的最佳禮品。」我想上帝創造了這樣偉大的學問家，再創造這雙完美的手，必將降它以重任。透過這雙手，把季教授不老的靈魂、充沛的思想，和他的所見、所聞、所想、所學傳授給世人。

馮友蘭先生在他八十八歲生日送給他八個字：「何止於米？相期以茶。」我想他的意思是，以季教授靈活的腦筋，加上一雙完美的手，何止寫到八十八歲，即使寫到九十八甚至一百〇八歲都不是問題。

那麼他留給後代最佳的禮品豈止如他自己所說的《牛棚雜憶》，我相信將會有更多、更美、更好的禮品留給世人，同時也將會帶給社會許多許多的和諧。

臨走的時候，聽見他的助手楊銳叫了聲：「爺爺，他們回去了。」我心裏流著一股暖流。從沒見過爺爺的我，一邊往回家的路上走，一邊想像著，我的爺爺必定也會是這個模樣。

二〇〇七年十月二十九日

VOTE!
TOSHIBA
REGZA
ONE WAY
NO TURNS
CHEVROLET
UFC
VORNADO
Retail

紐約時代廣場

穿著黑色貂皮大衣的男人

每次到紐約都是他來接我，十五年後再次踏足紐約，已是天人兩隔。

三十多年前第一次見到他，是我參加紐約華埠小姐選美做特別嘉賓的時候，大會帶我到第三大道的湘園吃湖南菜，我的座位對正門口，一會兒門口來了一位單眼皮高大個兒身穿黑色過膝貂皮大衣的男人，一進門就瀟灑的脫下大衣由櫃台小姐接去，威風凜凜的。我看得發楞，大會主席說：「他是湘園的老闆。在紐約開了幾家高檔次的中國餐館，非常成功，可以說是中國人在紐約的傳奇人物。」主席請他跟我們一起坐，他坐下來，話匣子一打開就滔滔不絕，我悶得臉都垮了下來。

他說當初來紐約的時候，女朋友剛在台北一家戲院（忘了是那家，當時新聞很大）的大火中喪生，他痛苦萬分。家人幫他買了機票，給他幾十塊美金，他就靠著這點錢，來到紐約餐館打工，賺到第一筆錢後又如何擁有了幾家餐館。

吃完飯他帶我們到他另一家餐館，也在第三大道上，門前兩隻漢白玉石獅子，很壯觀，聽說是大陸運來的。正對著大門有一幅巨大的絲製萬里長城壁毯，是在中國特別製做的，甚是雄偉。他很豁達，經常聽到他「嘎！嘎！嘎！嘎！嘎！」的大笑聲。以後每次來紐約做事或探朋友，他都到機場來迎接和熱情的招待。有一次他開著大紅開篷賓士跑車，帶我和湯蘭花遊紐約市區。我們有時漫步在第五大道上，那黑色貂皮大衣被風吹起，我隱隱約約見到他腰上掛著有土黃色皮套的小手槍，感到有點怕怕的，他說那是用來保障他的安全，「只是唬唬人，不會用得著的。」

過了幾年，他覺得餐館做悶了，想拍電影，我說：「是朋友的話就會勸你不要拍，如果要害你才會叫你拿錢出來拍戲。」他不聽勸，興致勃勃的，以為最難做的餐館生意都能成功，拍電影又有什麼問題。於是每次回到台灣，電影公司的老闆、製片一大堆人都會到機場迎接他。我形容那是接財神。拍電影花錢像流水，對電影圈不熟的他，電影賣座了，不關他的事，片商告訴他結帳是零比零，電影不賣座賠了錢又要他付帳，就這樣在台灣搞了兩年，賠了點錢，結果還是回到紐約做他的老本行。又過了幾年，他打電話到香港來，說他在南美洲淘金，如果挖到，會有好幾百萬美金，到時候他會再拍電影。再次到紐約，他那「嘎！嘎！」的笑聲由五聲變成兩聲，早已不復當年的豪邁氣慨。

十五年前我快要結婚的時候，聽說他到中國大陸做鑽石行銷，他說賺的錢會數都來不及數，就像印鈔票一樣。我結婚後幾乎沒有到過紐約。後來輾轉聽說他在台灣中了風，在醫院裏連醫藥費都成問題，我聽了很難過，馬上托楊凡幫我把住院費給帶去，沒想到他已回了紐約，我把十幾年前的舊電話簿翻出來，打電話給他，對方是個大陸女孩的聲音（後來聽說是他在大陸娶的年輕太太）。那位年輕女子說他中了風，需要做物理治療，又得不到政府的輔助，很是狼狽。我趕忙寄去他需要的醫

療費用。

這次到紐約參加紐約電影節的第一天，我想到那兩家餐館的舊址去看看，導遊小姐打聽出附近的街道名，卻怎麼也找不到以前餐館的地方。我又請她幫我找他的墓地所在，想去祭拜一下。導遊笑了起來，她大概覺得我很奇怪。

在回港的前一夜，我央求陶敏明再陪我去找找看，晚上街道上人很少，敏明抓著

陶敏明和我

我的手，機警的周圍望，同時帶著我走較亮的街道，我只顧找地方。我們從酒店的第五大道走到第三大道交叉的六十五街，然後往回走，一直走到五十街都找不著，也許是因為石獅子不見了，附近的店鋪也改了。敏明怕天晚了危險，「你算是有心了，他地下有知，也會感到欣慰，不要再執著了。」她說。

在回港的路上我回憶著，七六年跟他認識。七九年我和湯蘭花到紐約住過一段日子，他很照顧我們，幫我們尋找住的公寓、請我們讀最好的英語會話學校、帶我們去吃好吃的，晚上餐館打烊的時候，他會在空蕩蕩的餐廳廚房裏，做些拿手的小菜和稀飯給我們吃，讓我們度過了一段難忘的日子。

那個時候我們年紀小，沒怎麼見過世面，到紐約從下飛機起，他就招待我們跑遍全紐約好吃、好玩和時髦的地方，直到送我們上飛機離開紐約為止，感覺上好像整個紐約是屬於他的。

這次我特別到原是紐約世貿大樓的地方參觀，一大片土地堆滿塵土和石塊，巨形的卡車，出出進進的運送沙石，我腦子浮起了佛偈上說的：「本來無一物，何處惹塵埃。」

二〇〇八年十月十六日

女人的典範

沒有站在金馬獎頒獎典禮的舞台上十多年了。最後一次是一九九〇年，在國父紀念館，《滾滾紅塵》獲得金馬獎最佳女主角獎的時候。

十多年後重回金馬獎的舞台上。這個舞台雖然從台北搬到台中了，感覺上，似乎未曾離開過，一切都是那麼熟悉。坐在台下的都是醉心於電影、對電影有高度熱誠的電影人。

這次能讓我專程回台頒獎，除了支持台灣電影金馬獎，最大原因是支持台中市長胡志強伉儷。胡市長是個正直清廉的人，有正確的價值觀，台中市因為他變得更有文化、更加繁榮。我被市長的真情意深深的打動，更為市長夫人的堅強而動容。所以我願意支持他們。

幾年前胡市長與夫人為了選舉，從北到南從南到北的坐著小巴跑場助選。在高速公路上的一次車禍中，市長夫人幾乎送上了性命。在她生命垂危的時侯，看到電視上市長淚眼模糊的要大家幫幫忙救救他的太太，他是那麼的無助，我的眼淚也止不住的跟他一起流。當時我在想，大家能夠怎麼救他的太太呢？奇蹟一次次的出現。她從毫無生命跡象到能夠存活下來，她從昏迷不醒中醒了過來，她更能勇敢堅強的面對失去一條手臂的事實。胡市長陪著她度過每一個難關。這些奇蹟，據說是全台灣，不管藍營或綠營的人，全世界在電視機前見到胡市長真情的求助的人，都在為他們祈禱，都在為他們誦經，這種巨大的能量終於感動了天地。

市長夫人出院那天，戴著毛線帽，一張素臉，面帶笑容，神情雖然憔悴卻不刻意躲避鏡頭。回想起我小的時候，那時剛剛有電視機，她在一齣連續劇《長白山上》演的小媳婦，楚楚動人，迷醉了電視機前所有的觀眾。沒有多久她就從影視圈消失了，原來她是嫁到英國陪著夫婿讀書，過著刻苦的留學生生活。

我從舞台上往下看，一片星河裏，美女如雲，巨星如雲，我看到一顆最亮眼的星星，就是坐在胡市長身邊的市長夫人邵曉玲，看到她那純真的笑容，她那無邪的眼神，她沒有了左手臂，輕輕揮著右手表示歡迎和鼓掌。我在想，為什麼她看起來那麼純真？是不是在經過了人生的大浩劫之後，更懂得珍惜自己所擁有的，更能活在當下？她把自己最真、最善和最美的一面呈現了出來。

下台之後我走到她面前緊緊的擁抱著她，輕撫著她的背脊和右手，感到非常心疼。她身子骨是那麼的嬌弱，卻能和大家一樣挨著餓，從晚上五六點一直坐到半夜。她是要陪伴在愛她和她愛的男人身邊，她是要陪著他參與電影的盛事，和他一起走過生命的每一刻。

在她身上我看到了女人的美德，也看到了人生中不能沒有的堅強。在她身上我看到了女人的典範。

二〇〇八年十二月十一日

台北市長郝龍斌、台灣總統馬英九和我

當選！當選！馬英九當選！

二〇〇八年三月二十二日的夜晚，我站在民權東路亞都飯店的窗前，對著窗外往下望了許久、許久。今晚的雨夜和以往的不同。馬路上的斑馬線被雨水清洗得黑白分明。看不見藍、也看不見綠。電視上重覆的播放著新當選總統馬英九發表的宣言。

他從八個字「感恩出發、謙卑做起」，開始他的演說。

他說，這次選舉不是他個人的勝利，而是全體台灣人民的勝利。

他說，台灣人民要的不多，「並不希望大富大貴，但人民有權利要求，不要過苦日子」。

他表示，勝選雖然高興，但他了解這是重大責任的承擔。

他還說了許多許多的話。

我重覆的看著，重覆的聽著。

他還是穿著選舉時的服裝，泛藍牛仔褲，白色黑條子襯衫，外罩紅領深藍背心，左胸掛著國民黨的徽章，右胸那金黃色的「2號馬英九」閃閃發亮。他沒有像一般總統，打著領帶，穿著筆挺的西裝，做著大人物的手勢。他喜悅真誠的笑容，他平易近人的態度，使我感覺他就像是每個人家裏的大哥哥。

在選前幾天，我和幾位朋友，因為緊張，和擔心再有類似三一九槍擊事件的發生，而顯得焦慮不安。

這些朋友離開台灣數十年，雖然在國外已有了成就，他們心繫台灣、愛台灣，把台灣當做自己的家園，對台灣的關心，並不亞於台灣本土的人。

一九八四年到香港拍戲，一九九四年嫁到香港，雖然居港二十四載，內心裏卻從來沒有離開過台灣，台灣也從來沒有拋棄過我，對我來說台灣就好比我的娘家，而香港就好比我的夫家。

這次回台選舉，三個女兒都很擔心我的安全，我告訴他們，如果因為我的出現能夠影響到一張選票都是值得的。

二十二號投票日，街上特別清靜，沒有口號，沒有宣傳車的喇叭聲，沒有叫囂聲，街道上的人扶老攜幼的默默走向投票所，彷彿心裏正在為他們所支持的總統人選祈禱著。我雙手緊緊捏著身分證和圖章，領取投票單後小心翼翼的蓋章、吹乾、摺起，然後丟入投票箱，心想至少我這神聖的一票保證沒錯。中午打電話給朋友高興的說著我那「林青霞」三個字蓋得清清楚楚，朋友驚叫：「不是蓋圖章！」我張大著嘴巴，半天說不出話來，心想之前我再三的被囑咐著要帶圖章，腦子裏從來沒想過要用其他章子；等我回過神來，那懊惱簡直是無法用筆墨來形容。想不到我花那麼大心思投的竟是張廢票。

下午四點開始唱票，看到銀幕上馬、謝一邊一行，一筆一劃的寫著「正」字，我緊張的心都快跳了出來。直到票數慢慢拉開距離，馬贏謝五十萬張，我這才鬆了一口氣，等贏到八十萬張，我大顆大顆滾燙的淚水不停的往下流，到了一百萬張我手腳飛舞著尖叫。在這個時候竟然還不敢開香檳，深怕又有翻盤事件，直到贏了兩百萬張，我和朋友立刻開香檳慶祝，同時互相擁抱互道恭喜，為台灣重新燃起的希望喝一杯。

馬英九的票數比謝長廷多出二百二十一萬三千四百八十五張，我那區區的一張廢票也就成了選舉中的小小插曲和反面教材。

在這一天中我的心情起伏很大，到了夜晚，當我靜下來的時候，回想著我和馬英九的三面之緣。

第一次是在二十多年前圓山飯店的聚會裏，依稀記得酒會裏大多數是本省籍的委員。他穿著深色西裝走進來，身材高大筆挺，態度彬彬有禮，他目不斜視，臉上完美的線條，對稱的比例，和那誠懇的神情，就好像一張白紙，尚未經歷社會的污染和磨煉。

第二次是在二〇〇五年法鼓山佛教大學的開光大典。我們排成長長的隊伍，準備進大堂，他被安排在我和李連杰後面，跟著大隊緩緩前進。當時他是台北市長，已從政多年，在複雜的政治圈裏，早已經歷了許多艱難的磨煉，臉上的皺摺增添了許多，但是他謙卑平和的態度卻始終不變。

第三次是在二〇〇六年香港機場的貴賓廳。那時因為父親病危，我搭最早的班機回台。馬市長從新加坡訪問經香港回台灣。我知道他正承受著巨大的壓力和承擔著人民的期望。我上前去，叫了一聲：「馬市長！」我說：「我支持你！」

二〇〇七年在電視上看到他的清廉受到質疑，明眼人都看得出他所遭受的冤屈。我非常的憤慨，見他化悲憤為力量，對著電視機前所有的觀眾，堅定的說出：「我決定參選總統！」我大聲的叫「好」！我請朋友幫我送花到他辦公室。卡片上寫著「相信所有的人都知道你是清廉的！我們支持你！」不久就接到一通電話，對方的聲音很陌生：「我是馬英九，謝謝你送來的花。」因為沒有心裏準備，我「哦……」了半天說不出話來，最後擠出一句：「我們要把絆腳石變成墊腳石，然後踩上去。」

馬英九終於排除萬難當選總統。

二〇〇八年三月二十二日

汪曼玲和我攝於《絕代雙驕》現場

這次我來寫你

「喂！請問你是林青霞嗎？我是《星報》記者汪曼玲，可以跟你聊一聊嗎？」

高中剛畢業，生性害羞又不善言辭的我，正不知所措，想找個理由掛電話，對方已經跟我聊上了。你一言，我一語，不知不覺說了好長一段時間。不記得在電話裏跟她說了些什麼，感覺就是很輕鬆，也很開心。

那是一九七三年的夏天，第一次離開家門，第一次坐飛機從台灣來香港，宣傳我的第一部電影《窗外》。這通電話也是我生平接到的第一通記者電話，却像是兩個朋友在聊天。

阿汪就是有這個本事。

到港的第二天，我們被安排到虎豹別墅拍照，一大堆男記者群中夾著兩位年輕漂亮的女記者，一位叫李小珍，另一位就是汪曼玲，他們的年齡比我大不了多少，汪曼玲小小的個兒，兩隻水汪汪的大眼睛，可愛又美麗。那些粗黑高大的男記者們常常拿她們開玩笑，吃她們豆腐，她小圓臉上浮現著小酒窩，一點也不介意。因為有前一晚的交談，見了她特別有親切感。這一次的香港五日遊，我感覺所有香港記者都對我很友善，臨別很是依依不捨。但是最讓我留下最深刻印象的就是這名女記者。

《窗外》在香港的票房記錄是六十五萬元港幣，當時是相當賣座的台灣文藝愛情片，我也因此而一夜成名。

回到台灣拍了劉家昌導演的《雲飄飄》，票房新台幣四百萬，也破了票房紀錄，從此我就忙得不可開交，也不記得什麼香港女記者了。

一九七八年，港台組織一個團體到泰國義演，那一次聲勢浩大，有剛上過《醉拳》當時得令的成龍，有徐楓、秦漢、秦祥林、林伊娃。汪曼玲是隨團記者，一路上說說笑笑很是開心。有一天我們整團到芭提雅海灘玩，我裏面穿著紅色比基尼，外面套著大紅襯衫配大紅短褲，只因為怕她拍照不肯脫下襯衫和短褲，我穿著衣服騎水上摩托車，上空中汽球，一個人被吊在高高的天空上一點也不怕。那時候膽子真大。記得成龍從汽球上掉了下來，大家很緊張，因為他不會游泳，很多人搶著去救他。我自以為是游泳健將，也準備脫了襯衫跟著去湊熱鬧。我跟阿汪說：「我要脫襯衫了，你不要拍我啊！」阿汪穿著小短褲，手裏拿著小照相機，小胖手指著我：「只要你脫，我就一定拍。」我只好作罷。

回到台灣又繼續我昏天黑地的拍戲生涯，那時候台灣電影圈黑社會當道。一九八四年導演林嶺東找我來港拍《君子好逑》，我就乘機接拍香港電影。從此就結束了台灣的電影事業。

來到香港之後，在許多記者招待會、電影開鏡典禮、殺青酒，都會見到她，在記者行業多年，她變得更精靈更洗練更實際，幾乎成了記者頭兒，印象裏大多數有記者在的場合，她總是站在最中間的位置，也經常負責發問。還是那雙水汪汪的大眼睛，却變得更成熟，更銳利，透過近視眼鏡的玻璃鏡片，就像是兩顆小探照燈似的到處掃射，若它停留在你的身上，你應該高興，那表示你有價值。她也從不掩飾她那現實的一面，這也是她可愛之處。我是個很保護自己的人，很難交到知心朋友，尤其是記者，但是我喜歡她的真而爽。在這段香港拍片的日子，我們成了朋友，閒時經常相約吃飯聊天，有時她也到我的小公寓，一聊就是半夜。

一九九二年《東方不敗》上演以後，我的片酬很高，片約不斷。一心想著愛惜羽毛，選好戲接。她比較務實，她說以我三十八歲高齡，能賺多少是多少，賺夠了就可以上岸。於是我聽她勸告，那年就賺進了數千萬上岸金。

那兩年非常辛苦，部部都是古裝武俠片，戴假髮，拉高眉眼，穿上一層層的古裝戲服，打打殺殺，夏天熱得要命，冬天冷得要死。她幫我接戲、推戲、排期，兩人忙得不亦樂乎，最後終於上岸了。我們倆的緣分也上了岸。

十四年沒跟她坐在一起，再次見到她，她越加沉穩幹練了。

在《明報周刊》的汪曼玲訪談錄，看到許多她訪問的人物，幾乎每一個人都能凸顯出自己的個性，很喜歡看她寫劉曉慶，相信也只有她有這本事，讓劉說出自己出入監獄的心理過程，以及在人生中大起大跌的感想，和在監獄裏悟出的道理。她寫出了劉家昌的隨性、任性和滿不在乎，劉家昌也沒把她當外人看。她在凌波、金漢互道長短的言談間，寫出她們鶼鰈情深的一面。她也道出沈殿霞和女兒鄭欣宜動人的母女情。

她謙虛的說：「我只不過是把他們所說的話寫出來罷了。」我想她必定是把談話內容先消化了之後再組織起來呈獻給讀者，文章平實易讀。讀者彷彿是在分享著朋友的生活點滴，和對人生的體驗。能做到這點也是多年來記者生涯所累積的功力。

二〇〇八年六月

「喂！青霞！肯不肯接受我的訪問？」

「阿汪——寫了這麼多年你還寫我啊？讓我來寫寫你吧！」

「那好！月底交稿！幫我的新書寫序！」

二〇〇八年六月二十九日

鉄屋彰子與我

一生有幾個十年

人一生中能有幾個十年？日本作家鉄屋彰子花了她一生中最寶貴的十年，就是要完成她的夢想，寫出一本有關「林青霞」的書。

在這十年當中她往返於洛杉磯、香港和台灣無數次，自己孤身作戰。相信所有接受她訪問和提供資料給她的人，包括導演、攝影師、美術指導、我的好朋友，都是被她的執著和誠意所感動。

十年前第一次見到她，天氣很熱，她滿頭大汗，一臉傻笑，拿著一些連我都沒有的舊海報、雜誌、碟片、照片等，一大堆東西到我家。她很緊張、很興奮，感覺自己受寵若驚，但又好奇的想知道，很少接受採訪的我，為什麼肯見她。我說是因為受到她鍥而不捨的精神所感動。同時我人生的座右銘又是「有志者事竟成」，所以與她見面。

就這樣，一個日本人，一個中國人，一台錄音機，兩個英文都不好的人開始談話。頭兩年她不停的往返於洛杉磯和香港，也一次又一次的要求和我見面。這不是我想要的，同時我覺得這樣的溝通方式，這整件事是行不通的，於是我停止了和她見面。

在我對這件事漸漸淡忘的時候，好友陸玉清告訴我，大塊出版社將要發行她寫的《永遠的林青霞》，我不敢想像這本由日文翻譯成英文，再由英文翻譯成中文的書，會是怎麼樣的情形？但又不忍心阻止她。後來想想，她若花十年的功夫，而我只花十天的時間幫她修改，這又算得了什麼呢？

當我看完她的手稿，看到朋友眼中的我，看到早已淡忘的影圈生活和舊時的點點滴滴，真是恍如隔世。在我對我的過去已經感到模糊的時候，重新再看以前的「林青霞」，彷彿和讀者一樣的在看另一個人的故事。

我在回顧這十年的當下，想著生活在另一個國度的彰子，她那十年又是怎麼樣的一個故事？

在此，希望她往後的幾個十年裏，能夠放下「林青霞」拎起「鉄屋彰子」，為自己的人生，為明天和未來好好打拼。我在這兒衷心感激她為我付出的一切，並寄予最誠摯的祝福。

二〇〇八年四月十一日

久鬱一躁而不狂

因為徐楓的關係，我認識了李誠教授。他有一雙堅定而銳利的眼神，即使在鏡片後面也可感受到他那炯炯發亮的目光。他面帶笑容，彷彿能看穿所有跟他談話的人。他很有本事讓你在他面前自然的談天說地。

我有一位朋友。十幾年前在她發病的初期，我已經注意到她有躁鬱症的傾向。她不停的說話，話語與話語之間沒有停頓，在一個鐘頭之內你不要想插進一句話，有時候說到興起還會站起來做大動作的表演。後來聽說她更得了嚴重的憂鬱症。聽母親說在憂鬱症和躁鬱症的交錯下，就會有自殺的傾向。

在這十年間偶而也跟她見過幾次面，幾乎每次見到她，都很讓朋友擔心，好像她隨時都有爆炸的可能性。最近幾次見到她，她彷彿判若二人，臉上的肌肉由從前的繃緊轉為現在的輕鬆，眼神由從前的殺氣騰騰轉為現在的柔和，整個人從容淡定，朋友跟她在一起也舒適自然。聽說是因為吃了李誠教授幫她配的藥。

讀了李教授送給我的幾本有關情緒病的書籍和免費贈閱的雜誌《情報新地》，才知道原來情緒病並不只是那麼單純的只有憂鬱症和躁鬱症之分，還包括驚恐症、經常焦慮症、社交恐懼症和強迫症。

李教授在即將出版的《九鬱一躁》一書，對憂鬱症和躁鬱症做了更進一步的剖析。

李教授致力提倡情緒健康，呼籲市民正視這個問題，更培訓了香港五百名醫生，在情緒病的專業上得到認識。我在想，如果情緒病正如李教授所言一百個人就有二十個人有這種疾病的話，那麼這不就等如流行性感冒一樣的普遍。如果是這樣的話，似乎所有的人都應該對情緒病有一定的了解，有病的人懂得去求醫，無病的人懂得如何去包容他們。這樣家庭和社會問題就會減少。自殺率也相對的減低。社會也更增添了和諧。

如果你想知道自己的情緒有沒有感冒的話，不妨翻一翻《九鬱一躁》一書。

二〇〇七年八月十三日

久鬱一躁而不狂

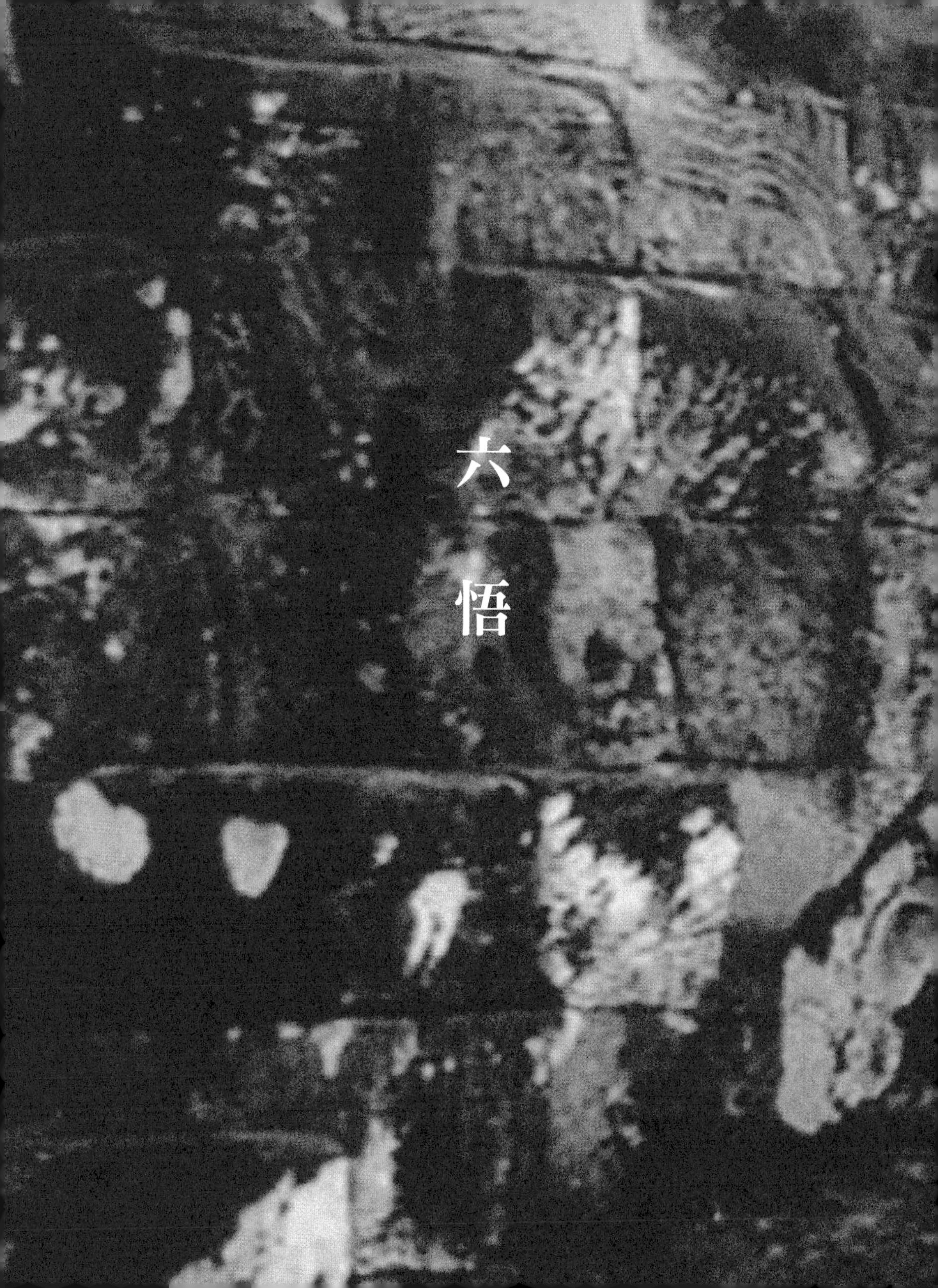

六悟

小花

林青霞攝影

最近去了一趟東埔寨的吳哥窟，在我從廢墟的亂石中走出，正要離開的一剎那，眼前瞥見了三朵小花，小花襯著翠綠的葉子，在千年巨石的夾縫中，精神奕奕的綻放著，它強而有勁的向著陽光，吸引你的目光，好像在向你訴說：「即使吳哥經歷了千年巨變，王朝曾經興盛，也曾落敗，甚至被人遺忘了五百年，我小花仍能帶著色彩在這千年巨石的夾縫中開出花來。」

走近細看，小花白裏透著粉紅。我拿起相機捕捉了這一刻，更欣喜小花帶給我的領悟。

在人生的旅途中，每個人必將遇到不斷的考驗，也必定會經歷人世間的生老病死、悲歡離合、愛恨情仇，巨石歷經了千年滄桑，依然能開出美麗的花朵，我們又何需計較那些無謂的蜚短流長呢？

我在想，如果我們能像這小花，將所有的磨難與考驗化成露水，滋養我們的心，讓我們的心田開出美麗的花朵，嘴裏吐出蜜糖似的甜美話語，那該有多好。這樣我們的社會就會增添美麗的色彩，天堂就會在我們的眼前，在我們的心中。

二〇〇六年一月二十六日

柬埔寨吳哥窟

柬埔寨吳哥窟　高棉的微笑　張薇攝影

大師的開示

小時候不肯早睡，總覺得沒玩夠。上學以後平時不看書，考試開夜車。高中畢業進入演藝界，最喜歡接晚班通告，從黃昏拍到天亮。婚後懷孕期，不能吃藥，我的自然睡眠時間是凌晨四點至中午十二點。寫作以後更是變本加厲了，從夜闌人靜寫到處處聞啼鳥。

一天下午起床，太陽還沒下山，我穿著睡衣，推開房門，懶洋洋的靠在陽台邊，陽光灑在我的身上，微風輕吹著我的衣裳，是那麼的消遙自然。我閉上雙眼聽到了各種鳥的歌聲，枝頭上的、天空飛翔的；高的、低的、遠的、近的。我幾乎可以分辨得出牠們的位置所在。鳥的啼聲夾雜著附近石礦場大卡車搬運石頭的轟轟聲，馬路上的喇叭聲，平常這些聲音都存在，但是從來沒有認真的聽過。這一刻我好輕鬆自在，這一刻，我想到了印度偉大的靈性導師克里希那穆提在《人生中不可不想的事》一書中的話：「欣賞風景不是用眼睛看，而要溶入風景裏，這樣你會進入喜悅的境界。當痛苦存在的時候，你要與它並存，把它吃掉，那麼痛苦就會消失。」這一刻我想到不丹國師頂果欽哲仁波切，他給導演賴聲川的開示。

許多年前和賴導演聊天，提到他的上師頂果欽哲仁波切。他憶訴，在他老師將要圓寂之前。有一天，他看見他指著一個房間，那房裏只有一張床。賴導演百思不得其解，問我們知不知道大師想說什麼。在場的朋友，沒有一個解釋得到大師所給的開示。

十多年後，我在台北逛誠品書店，書檯上有一張臉孔吸引著我的視線。那是頂果欽哲仁波切的特寫，那是一張天真、無邪、頑皮、喜悅的臉孔。他盤腿坐在草地上，手裏拿著一朵小花，微笑著。他一臉的皺紋，那皺紋的線條柔和得像水的波紋，當時他八十多了，聽說在他圓寂之前，有位最後見到他的喇嘛說，他一個人在跳舞唱歌，那舞姿和歌聲，好美，好美。

我一口氣把這本畫冊裏的文字看完，在書的最後一頁，發現是賴導演翻譯的。輾轉找到賴導演，謝謝他的翻譯，告訴他這本書讓我獲益匪淺。

十幾年後的今天，我問他對於大師的開示，有沒有答案，他說：「就是那麼簡單。」「什麼那麼簡單？」我問。「人生！」他輕鬆的說。

二〇〇八年十二月五日

左：丁乃竺　右：賴聲川

大師的風範

林青霞居士

聖嚴贈

二〇〇〇年八月十八日

枯木開花

我應該很專心的跪下磕頭再站起來，跪下磕頭再站起來，像這樣連續做二十分鐘，心裏要想著該懺悔的事和該感恩的事。開頭我並不很專心，眼睛往旁邊一瞥，見到一雙輕盈的腳步從我身邊滑過，那袈裟飛起，就像浪花，我心裏讚嘆：「好美！好美！」那美不只是袈裟掀起的浪花，那是聖嚴法師。當年他老人家七十好幾，也跟我們一樣的拜懺，以表達對他師父的感恩。他的專注和真誠讓我動容。也以自身做了最完美的開示——「美」不只是外表。

天意安排，我跟師父結了緣。

二〇〇〇年八月十六日我帶著女兒愛林回台灣，一心想尋找一位智慧大師給我上一堂課，指導我如何放下執著，以平和的心境面對人世間的情和事。十七日中午和父親、母親、愛林到家附近的餐廳吃午飯。剛坐下，後面就有人叫我，是特技大師柯受良的太太宋麗華，因為知道她是個虔誠的佛教徒，所以我把心意告訴她。她說她的師父聖嚴法師剛從紐約教完禪回台，她包裏正好有一本談禪的小冊子，就送了給我。原以為「禪」是一門高深莫測的學問，讀完之後，驚覺「禪」並不難懂，而且對人有那麼多好處，於是求見師父。

十八日我坐在師父的會客室裏，師父那澄明好奇的眼神像一個七歲童子，讓我感覺自然又親近。由於以前沒有接觸過佛法、不諳規矩，竟然跟他握起手來，師父也大方的跟我握手，後來還因為有點感冒怕傳染給他而不安了很久，再後來發現所有佛教徒都是以合十來打招呼，我心中暗忖當時一定讓周遭的人大為緊張。在見面的一個鐘頭裏，我只問了一個問題，就是什麼叫「禪」。

「只要你來三天，就知道什麼是『禪』。」師父一邊在他送我的書《枯木開花》扉頁上題字一邊說。因為聲音小，我沒聽清楚，又不好再問，他又說了一遍：「只要三天，你就知道什麼是『禪』。」他看我沒出聲，又說了第三遍。我明白師父的意思，當下就決定上山坐禪。

聽說坐禪之前會因為被考驗而受到阻礙，而我卻在冥冥中很順利的上了山。

二〇〇〇年九月我帶著簡單的行囊上了法鼓山。上山的第一件事就是沒收手提電話，我趕忙打個電話給四歲的女兒愛林，告訴她我將有三天不能跟她通話。

在這三天的禪修裏，每天晚上十點睡覺早上五點起床，師父帶領著我們打坐、給我們開示。這三天得跟九十九位陌生男女晝夜相處，上廁所和洗澡都得排隊，晚上幾十個人睡大通鋪，這對我來說是一大考驗，但在師父的帶領下，也挺自然。進了禪修營，每人分獲一個號碼，代表自己的名字。第一件事是所有人到大堂集合，向大佛連續叩拜三次。師父說這不是迷信，這是要我們消融自我。

吃飯的時候，師父很溫和的一句一句叮嚀，要我們心無旁鶩專心吃飯，好吃的時候不要高興，不好吃的時候也不要討厭。要感恩這食物是經過很多人的辛苦才到我們的嘴裏。吃完飯用一碗清水將碟子沖一沖再倒回碗裏喝下。

飯後離座時要雙手疊起，放在胸前，慢慢起身，順序走出飯堂，手裏就像捧著一尊菩薩，內心裏什麼都不能想，也不可以對自己說話。夜晚我靜靜的坐在石頭上，對著大山和星空，耳邊傳來一陣很美的聲音，我尋著那個方向走去，原來是一位女菩薩跪在那兒，一面敲鐘一面唸經，讓人感覺平靜和喜悅。

第一天早起，吃完早飯，我們坐在大堂裏聽師父開示，師父教我們如何打坐和拜懺。一天內有許多開示和打坐，師父循循善誘，我們密密抄經。有幾句箴言，在我生命裏最不可承受的痛時，因為用了它而順利過度。面對它、接受它、處理它、放下它。也就是說當你遇見一些不如意事時，最好的方法就是面對它、然後你必須接受那既成的事實、好好的處理它，處理完後，不要讓它占據你的心，必須放下。我經常將這幾句箴言送給朋友，他們也因此度過內心的難關而感激我。

第二天我們學行經。有慢經、快經和自然經，行慢經時，雙手輕輕握拳，每一步路是腳掌一半的距離，要走得很慢很穩，這叫「步步為營」，快經的步伐可大一點，雙手自然下垂，要走得很快很快，自然經則要全身放鬆的步行，看似簡單行則不易。走完之後，那種心身通暢的感覺是平常不曾感受到的。

在山上的最後一堂課，師父要我們對著大佛虔誠的連續叩拜二十分鐘，心裏想的是該感恩的人和該懺悔的事，這連續的叩拜讓人震動，大家真情流露，有些師兄師姊激動得泣不成聲。我聽到了一種平和的聲音：「要用情操，不要用情緒。」那是師父的聲音。

山上三天勝過山下十年。三天之後下山了。下山途中，我靜靜回想山上的種種，三天沒開口說過話，很清靜，很美妙，也並不急著想說話。這才發現，生活裏有許多話是不需要說的。在這三天裏我最大的收穫，是找到了心靈深處的寧靜。

二〇〇六年十月二十一日，我應邀上法鼓山參加觀世音菩薩的開光儀式。這時師父已撤下住持方丈的職務交給果東法師，他不在當眼的主位上，我在排班時到處尋找師父的蹤影。不久，見到三兩位僧侶從不遠處走來，起初我不以為意，突然發現師父就在其中。他兩袖清風帶著笑意走來，旁邊沒有人前呼後擁，師父竟放下得如此瀟灑。典禮結束後，他坐在人群裏，我坐在他旁邊，他安閒自在的說：「這尊是來迎觀世音菩薩，來迎的意思是歡迎所有人來到法鼓山。」我說：「來迎觀音的背後是蔚藍的天空，彷彿從天而降。」師父微笑地看著菩薩，似乎同意我的說法。他老人家就好比我鄰居的叔叔伯伯在跟我閒話家常。

二〇〇八年六月三日，我回台灣和師父一起拍攝「心六倫」的公益廣告，這時候師父正面臨洗腎的痛苦，為了社會大眾，他精神奕奕配合拍攝。師父說他腎不好，醫生要他換腎，他不肯，情願把好的腎留給年輕人。我聽了很感動也很難過。拍攝完成，臨走，我殷殷的請求師父多多保重。走了兩步我突然回頭：「師父，你一定要聽醫生的話！你一定要聽醫生的話！」我又看到他那七歲童子般慧黠的眼神，他調皮地說：「我聽青霞的話。」大家都笑了。這是我跟師父最後的對話。

枯木開花
聖嚴法師傳

相片由法鼓山文教基金會提供

二〇〇九年二月三日，師父留下四個大字「寂滅為樂」離開了人間淨土，走入極樂世界。

我瞻仰過師父的遺體，回到果東方丈的會客室，有位師兄在旁輕聲訴說著師父的遺言：「不發訃聞、不築墓、不建塔、不立碑、不豎像、勿撿舍利子。骨灰分放在五個環保紙袋，再裝入骨灰紙盒，放置於五個約二米深的洞穴裏。」

我忍不住用紙巾搗著自己的雙眼，淚水不止的往外湧。我喃喃自語：「師父太偉大了。他幾次要我做禪七和到紐約做禪十，我都因為太久不能跟外界聯繫而卻步，現在再也沒有機會了。」

將來，環保紙化為塵土，師父就和大地融為一體了，他的極樂世界將會和人間淨土合而為一。師父用生命為我們做了偉大的開示，給世人上了寶貴的一課。

二〇〇九年七月五日

柬埔寨吳哥窟　高棉的微笑　張薇攝影

日期	發表	日期	發表	日期
2009.3.26				
2009.3.26				
2006.1.29	《南方周末》	2009.3.26		
2010.6.17				
2009.6.18				
2009.11.19				
2009.5.14				
2009.3.19	中國《新民晚報》	2007.12.16		
2009.7.2				
2009.4.16				
2009.3.26				
2008.6.3	新加坡《聯合早報》	2008.6.9	《南方周末》	2009.4.9
2008.7.14	中國《新民晚報》	2008.8.15	《南方周末》	2009.5.7
2009.9.17				
2010.5.20				
2008.11.16				
2009.9.10				
2009.1.28	《南方周末》	2009.4.23		
2009.6.17				
2010.6.17	《上海文匯報》	2009.2.24		

附錄

文章	發表	日期	發表
〈滄海一聲笑〉	《明報》	2004.12.5	《南方周末》
〈戲裏戲外都是戲〉	《明報》	2005.2.27	《南方周末》
〈小花〉	《明報》	2006.1.29	台灣《聯合報》
〈牽手〉	《明報》	2006.8.8	《南方周末》
〈華麗而温暖的城市〉	《南方周末》	2008.12.25	
〈大導演手中的芒果〉	《明報》	2006.8.10	《南方周末》
〈久鬱一躁而不狂〉	《明報》	2007.9.2	《南方周末》
〈她〉	《明報》	2007.9.25	《南方周末》
〈家鄉的風〉			
〈完美的手〉	《明報月刊》	2007.12	《南方周末》
〈有生命的顏色〉	《明報》	2008.3.2	《南方周末》
〈人生小語〉	《明報月刊》	2008.5	《南方周末》
〈當選！當選！馬英九當選！〉	《明報月刊》	2008.5	《南方周末》
〈一生有幾個十年〉	《南方周末》	2010.6.17	
〈三夢三毛〉	《明報月刊》	2008.6	台灣《中國時報》
〈創造美女的人〉	《明報月刊》	2008.7	新加坡《聯合早報》
〈這次我來寫你〉	《明報》	2008.7.26	
〈東方不敗〉	《明報月刊》	2008.8	《南方周末》
〈走進窗外〉	《明報月刊》	2008.9	《南方周末》
〈窗外的風景〉	《明報月刊》	2008.10	中國《新民晚報》
〈重看東邪西毒〉	《明報月刊》	2008.11	《南方周末》
〈演回自己〉	香港《蘋果日報》	2008.10.2	《上海文匯報》
〈只要老爺你笑一笑〉	香港《蘋果日報》	2008.10.9	《南方周末》
〈穿着黑色貂皮大衣的男人〉	《明報》	2008.10.27	《南方周末》

日期	發表	日期
2010.6.17		
2010.6.17	中國《新民晚報》	2008.12.7
2009.6.11	中國《新民晚報》	2009.2.24
2009.7.30	中國《新民晚報》	2009.3.28
2008.8.27		
2009.6.4		
2009.9.3	《北京晚報》	2009.7.5
2009.5.28		
2009.4.5	《南方周末》	2009.5.21
2009.6.25		
2009.7.9	《上海文匯報》	2009.7.2
2009.7.23	台灣《蘋果日報》	2009.6.21
2010.6.3		
2010.8.26		
2011.2.24	《琉璃工房》月刊	2011.4
2011.5.19	台灣《中國時報》	2011.4.24
2009.8.16		

附錄

文章	發表	日期	發表
〈家鄉〉	香港《蘋果日報》	2008.10.26	《南方周末》
〈你是不是林青霞?〉	香港《蘋果日報》	2008.11.2	《南方周末》
〈大師的開示〉	香港《蘋果日報》	2008.12.7	《南方周末》
〈女人的典範〉	香港《蘋果日報》	2008.12.14	《南方周末》
〈寶島一村〉	香港《蘋果日報》	2008.12.28	《南方周末》
〈我們仨,在廸拜〉	《明報月刊》	2009.2	《南方周末》
〈生命的彩霞〉	《明報月刊》	2009.3	《南方周末》
〈七十,八十,九十〉	《40屆金像獎特刊》	2009.4	《南方周末》
〈寵愛張國榮〉	香港《蘋果日報》	2009.4.5	台灣《蘋果日報》
〈我哭了大半個中國〉	《明報月刊》	2009.5	《南方周末》
〈吃飽了撐的〉	香港《蘋果日報》	2009.6.7	《南方周末》
〈淚王子楊凡〉	香港《蘋果日報》	2009.6.21	《南方周末》
〈我的小寶貝〉	香港《蘋果日報》	2009.7.12	
〈新書自序〉	香港《蘋果日報》	2009.8.30	
〈夢與真〉	香港《蘋果日報》	2010.3.7	《上海文匯報》
〈八百壯士 戲裏戲外〉	《明報月刊》	2010.4	
〈蚌殼精和書生〉	《明報月刊》	2010.5	《南方周末》
〈仙人〉	香港《蘋果日報》	2010.6.6	《南方周末》
〈花樣年華二十二〉	中國《ELLE雜誌》	2010.10	
〈一秒鐘的交會〉	香港《蘋果日報》	2010.9.26	
〈甚麼樣的女子〉	《明報》	2011.1.21	《南方周末》
〈瓊瑤與我〉	香港《蘋果日報》	2011.4.17	《南方周末》
〈大師的風範〉	《明報月刊》	2009.8	中國《新民晚報》

PEOPLE 363

窗裏窗外

作　者—林青霞
主　編—林馨琴
美術設計—張叔平
責任編輯—李清瑞、李筱婷
美術編輯—三人制創
執行企畫—鍾岳明

總 編 輯—余宜芳
董 事 長—趙政岷
出 版 者—時報文化出版企業股份有限公司
108019台北市和平西路三段二四〇號三樓
發行專線—(〇二)二三〇六—六八四二
讀者服務專線—〇八〇〇—二三一—七〇五
(〇二)二三〇四—七一〇三
讀者服務傳真—(〇二)二三〇四—六八五八
郵撥—一九三四四七二四　時報文化出版公司
信箱—一〇八九九臺北華江橋郵局第九九信箱

時報悅讀網—http://www.readingtimes.com.tw
電子郵件信箱—history@readingtimes.com.tw
法律顧問—理律法律事務所　陳長文律師、李念祖律師
印　刷—華展印刷有限公司
初版一刷—二〇一一年七月二十二日
初版十二刷—二〇二三年四月十八日
定　價—新台幣四九九元
(缺頁或破損的書，請寄回更換)

時報文化出版公司成立於一九七五年，
並於一九九九年股票上櫃公開發行，
於二〇〇八年脫離中時集團非屬旺中，
以「尊重智慧與創意的文化事業」為信念。

窗裏窗外 / 林青霞作. -- 初版. -- 臺北市 :
時報文化, 2011.07
面 ;　公分. -- (People ; 363)

ISBN 978-957-13-5407-1(平裝)

855　　100012161

ISBN 978-957-13-5407-1
Printed in Taiwan

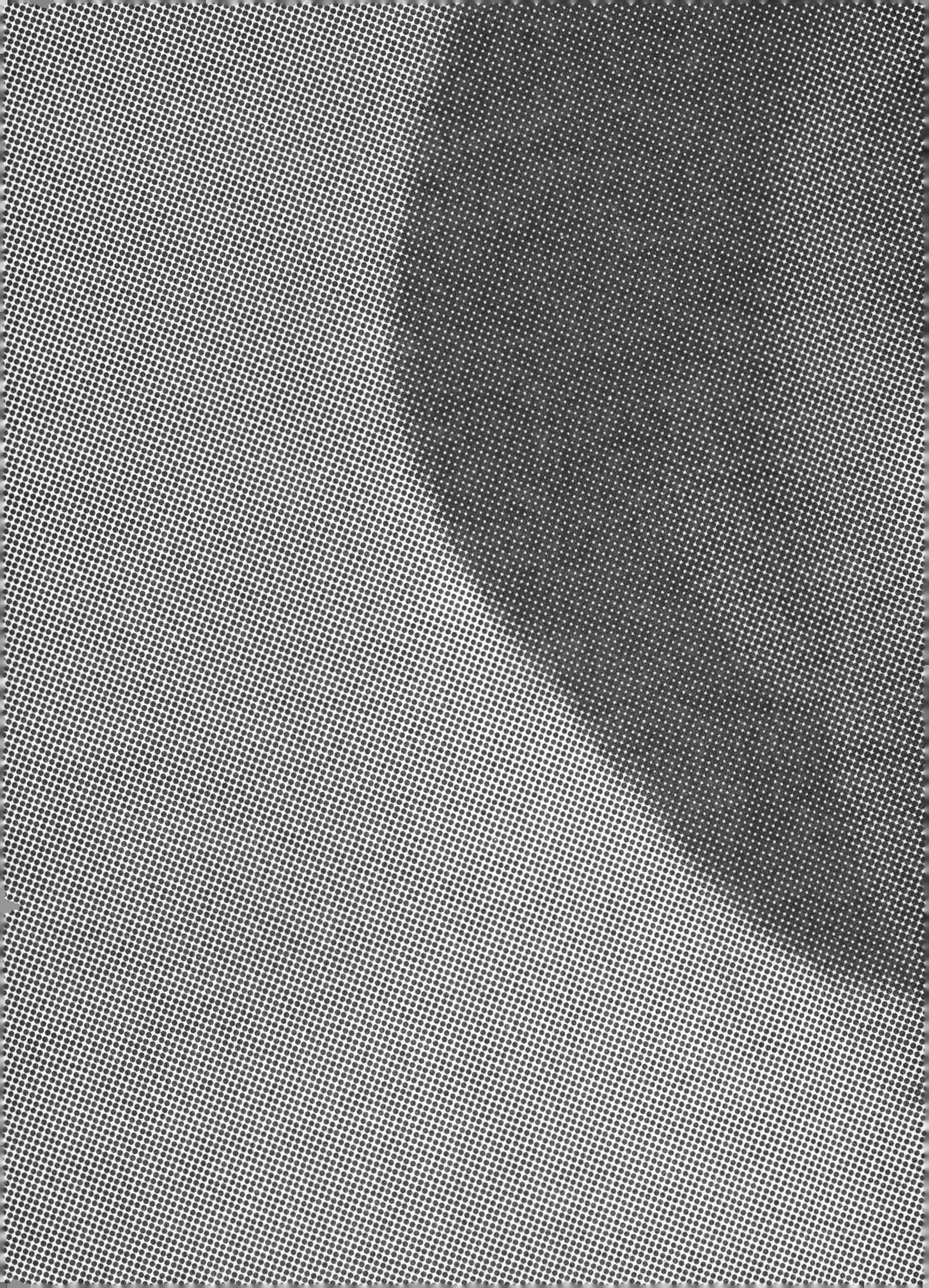